蓮の愛

周琦詞詩集

鷗出版

鹿児島～福岡間の自転車ラリー中の山間で休息する著者
（二〇一六年十一月）

蓮の花への深い思い　序に代えて

一般社団法人 環太平洋アジア交流協会会長（元衆議院議員、元建設大臣）
水野　清

漢詩の素養ほど政治家の資質を問うものはないだろう。今の政治家には少なくなったが、前自民党総裁の谷垣禎一君は数少ない漢詩の素養の持ち主である。

二〇一一年六月、菅内閣不信任決議案が否決され、野党自民党の谷垣総裁は菅内閣を退陣に追い込むことができなかった。この時、谷垣総裁は「流星光底長蛇を逸す」と発言し、川中島の戦いに敗れた上杉謙信の漢詩を引用した。「流星光底」とは勢いよく振り下ろす剣の閃光であり、「長蛇を逸す」は切り損ねて、またとない機会を逃したという意である。敗軍の将が語った言葉は往々にして悔しさが滲み出るものだが、自らを謙信の心情と重ね合わせるところはあっぱれである。その一方で党内の造反を抑えにかかり、政権にしがみつく菅首相の未練がましさが際立った一瞬だろう。その後、民主党は分裂し、総選挙に敗れ再び野に下った。

さて、著者の周琦氏は稀代の相場師であると聞いていた。二〇一〇年に初めてお会いしたときは相場を仕掛けるような面影はなく、国際情勢に通じた見識の広さを持ち合わせている印象を受けた。その後、何度かお会いするたびに明晰な思考、先見の明を持ち合わせた人柄をますます感じるようになった。

二〇一四年、周琦氏が制作し、最初の出版となった詞詩集『綺麗之旅』の寄贈を受けた時、即座に日本語版を出版するよう同氏に勧めた。周琦氏はすでに世界的な投資家からも一目おかれているが、国際情勢に疎い日本では彼のことがほとんど知られていないからである。また、投資家、経済人としてしか見られていないので、漢詩の素養を持ち合わせている文化人としての面を合わせて、氏の両面を紹介したいと思った。

本書は、中国で出版された三番目の詞詩集『蓮之愛（蓮の愛）』（二〇一六年六月刊）の日本語版である。「蓮」は周琦氏がこよなく愛する花であり、作品の中では四季を通じてこの花への深い思い入れが現れている。

また、彼の作品には詞が多い。詞は宋代に流行した韻文形式のひとつで、歌曲に使われることが多い。日本人がこれを読み下すことは極めて難解であり、この作業には日本で数少ない詞を専門とする後藤淳一先生にお願いした。後藤先生は八十八首、気を抜くことなく、非常に丁寧に書き下しており、中国の風土になじみがない日本人でも理解が進むよう語釈がふんだんに盛り込まれている。

周琦氏は中国深圳を拠点に中国国内だけでなく、世界各地を周遊している。英語が堪能であり、出身の大手銀行で培われた人脈もあって国際金融系の情報は時として生き馬の目を抜くものがある。しかし、彼の作風は八十八首を通じて、その微塵も感じられなかった。各地の自然、植物をテーマに中国の伝統的な年中行事、二十四節気を通じて、豊かな詞詩が形成されている。また、時として中国古代の歴史上の人物も登場し、これを偲ぶ姿勢は、周琦氏の人柄を示している。

周琦氏はすでに財をなし、五十路の坂にさしかかっているにもかかわらず、二年ほど前から清華大学五道口金融学院に通い、著名な企業家、銀行家を同窓にするエグゼクティブMBA課程を修了している。同氏は自転車ラリー、ジョギング、水泳、テニスを好み、毎日一〇キロ以上、雨の日も欠かさず走ることを日課としている。また、五二歳にしてピアノを習い始めており、彼の向学心はとどまるところをしらない。

周琦氏の漢詩の素養は、中国を拠点とする金融エリートという多彩な才能と行動力に支えられている。中国の四季、悠久の歴史をどのように感じ、思いを込めてきたか、本書を通じて周琦氏の世界観を読み取っていただければ幸いである。

二〇一七年一月　皇居吹上御苑を望んで

目次

第二部　四海を旅して　古往今来　幾多の情ぞ

第三部　寄せては返す波を見つめて　集まり散ずる雲を仰いで

第一部　巡る季節の中で

春花・秋月・夏雨・冬雪

七律　立春　　七律　立春

この七言律詩は二〇一六年二月四日に深圳で作ったもの。立春に当たるこの日の早朝、友人が送ってくれた南宋の周密の「風入松」詞を鑑賞した。その詞は次のもの。「柳梢 煙軟くして 已に璁瓏。嬌眼 東風に試む。情糸 又た青糸を逐って乱れ、剰寒 軽く、猶お芳櫳を恋う。筍玉 新たに早燕を裁ち、杏鈿 時に晴蜂を引く。当時 蘭柱 花驄を繋ぐ。人は小楼の東に在り。鶯 嬌にして 戯れに迎春の句を索め、露箋を愛し、新たに香紅に染む。未だ信ぜず 閑情は便ち懶なるを、花を探りて瓊鍾に拚酔す」。我が最愛のものの一つであるヨハン・シュトラウスの円舞曲「春の声」を聞きながら、暖かな春の息吹を感じ、うららかな春の光が目に浮かび、心中に春の息吹が満ち溢れてきた。そこで即興でこの七言律詩一首を作り、暖かな、花咲く春を待ち望むことにしたのである。

牽風掛露竹正痩
争密嬌筍破土時
寒渓融氷剪別緒
帰燕築巣啣泥湿
落梅猶繞相思樹

風を牽き露を掛けて 竹 正に痩す
密を争う嬌筍 土を破るの時
寒渓 氷 融け 別緒を剪り
帰燕 巣を築くに 泥の湿れるを啣む
落梅 猶お繞る 相思の樹

柳条悄結合歓枝
金蚕吐絲還未暖
銀鷺試水春已知

柳条 悄かに結ぶ 合歓の枝
金蚕 糸を吐くも 還た未だ暖かならず
銀鷺 水を試して 春 已に知る

［語釈］

◆牽風：風になびくこと。　◆掛露：夜露をまとうこと。　◆争密嬌筍：争って密集するかのように生え出る若い筍。　◆寒渓：冷たい谷川。　◆剪別緒：後ろ髪引かれる思いを断ち切ること。　◆帰燕：暖かくなって帰って来た燕。　◆啣泥湿：巣作りのため、燕が湿った泥を銜えて飛ぶこと。　◆落梅：散り落ちる梅の花。　◆繞：取り囲む。また、弧を描いて経めぐる。　◆相思樹：戦国時代、宋の韓憑の妻は非常に美しく、それを見そめた宋の康王は韓憑から妻を奪おうとした。絶望した韓憑が自殺すると、妻も後を追って死を選んだ。怒った康王は二人の墓を遠く離して築くよう命じたが、後にそれぞれの墓に植えられた木がそれぞれ枝を伸ばし、枝同士が絡み合って一体化した。土地の者はその木を「相思樹」と呼んだという。　◆柳条：枝垂れ柳の枝。　◆合歓枝：ネムノキ。マメ科の落葉高木。夜になると葉が合わさって閉じることから、夫婦円満の象徴とされる。　◆金蚕：金色の蚕。　◆還：「まだ、なお」の意。　◆銀鷺：白銀色の鷺。　◆試水：水に入って水の暖かさを探る。

漢宮春　立春随筆

漢宮春　立春随筆

この「漢宮春」詞は二〇一五年二月四日に深圳で作ったもの。時に立春の日に当たった。明の王象晋の『群芳譜』には、「『立』は、始建なり。春気始まりて建立するなり」とある。立春の時期には気温・日照・降雨量が上昇・増加に転じるのだが、南方の深圳ではこの時期にはすでに春の息吹が次第に濃くなり、春風が暖かさをもたらしている。小鳥は浮き浮きと飛び跳ね、鵲は喜びの鳴き声を上げ、まさしく屈原の「離騒」にいう「朝に墜露を飲み、夕べに落英を餐う」の美を想起せしめる。そこで日中は野山に出かけて春景色を鑑賞し、夜には「離騒」を吟詠した。今を思いまた昔を思えば感慨は際限なく、筆に任せてこの一首を作り、立春の思いを記録することにしたのである。

気融瑤池、氷消流芳処、浮蓮幾枝
東風悄送暖意、険失花期
惟有帰雁、故園裏、歓鳴春啼
更還有、年年喜鵲、楽逐楊柳青時
刹時満眼飛絮、問秋千何処、
　小童迷離

気は瑤池に融け、氷 消え 芳を流す処、浮蓮 幾枝ぞ
東風 悄かに暖意を送る、険く花期を失えり
惟だ帰雁有り、故園の裏、歓び鳴きて春に啼く
更に還た有り、年年 喜鵲、楽しみ逐う 楊柳 青き時を
刹時 満眼の飛絮、問う 秋千 何れの処ぞと、
　小童 迷離たり

誰予疎慵漫歩、踏青吟詩
桂香酔我、拾落英、暢飲花露
凭誰憶、何処東籬、菊滋九畹幾時

誰か疎慵に漫歩を予うる、青を踏み詩を吟ぜん
桂香 我を酔わしむれば、落英を拾い、花露を暢飲せん
誰に凭りて憶わん、何れの処ぞ 東籬は、菊 九畹に滋るは幾時ぞ

［語釈］

◆漢宮春：詞牌の名。本作は「詞」と呼ばれる文学ジャンルのもので、元来はメロディーにのせて歌われたもの。「詞牌」とは、そのメロディー名をいう。基本的に、メロディー名と作品の内容とは関わりがなく、詞牌の後ろに、何を詠じたかを説明する副題が付く。本作では「立春随筆」がそれに当たる。◆気融：寒さによって凍り付いた空気が、暖かさによって溶け始める。春になって空気が暖かくなること。◆瑤池：中国の伝説で、西方の崑崙山の頂にあるという池の名。転じて、美しい池。池の美称。◆流芳処：香気を放つ時。ここの「処」は「時」に同じ。◆浮蓮：水の上に浮き出た蓮の花。◆東風：暖かな春風。◆陝失花期：暖かな春風が吹いて来なかったら、危うく花咲く時機を失うところだった、の意。◆帰雁：春になって北から帰って来る雁。◆故園：故郷。◆還：ここでは「更に、まだ」の意。◆喜鵲：カササギ。カラス科の留鳥、ユーラシア大陸に広く棲息する。◆楊柳：ヤナギの総称。◆刹時：極めて短い時間。刹那。あっという間に。◆満眼：見渡す限り。視界全て。◆飛絮：柳絮。綿毛におおわれたヤナギの種子。晩春に風に乗って宙に舞う。◆秋千：ブランコ。子供の遊具。「鞦韆」とも書く。◆迷離：見分けがつかないさま。◆疎慵：ものぐさな性格。◆漫歩：当てもなく歩きまわること。◆踏青：青草を踏む。春の野遊び、ピクニック。◆桂香：桂の木の香り。

◆落英：散り落ちた花びら。　◆暢飲：思う存分に飲む。　◆花露：花についた夜露。
◆凭：頼る。　◆東籬：家の東の垣根。東晋の陶淵明の「飲酒二十首幷序」其の五に「菊を采る　東籬の下」とあるのを踏まえる。

◆滋九畹：約一〇〇畝（約十五分の一ヘクタール）の土地に繁茂する。屈原の「離騒」に「余　既に蘭を九畹に滋らせ」とあるのを踏まえる。　◆幾時：「いつ」の意。

漢宮春　春寒随筆

漢宮春　春寒随筆

この「漢宮春」詞は二〇一五年三月一日に深圳で作ったもの。時に元宵節（旧暦一月十五日）が間近に迫り、春節（旧正月）の空気が色濃く空中に漂っていた時期、友人が送ってくれた北国の写真に眺め入っていた。その写真には、雪におおわれた森林と凍りついた川が写され、そこに日の光が美しく射していた。散り落ちた花びらもすでに見えず、まさしく毛沢東の「沁園春」〈雪〉詞にいう「惟だ莽莽たるを余す。大河の上下、頓に滔滔たるを失う」の光景であった。しかし凍りついた川面にはすでに、その下をゆるゆると流れる水のさまが微かに見て取れ、森や雪原にも幾枝かの花の蕾が散見された。春の息吹はまさしく期するが如く濃度を増して行くが、それでも暖かくなったと思ったらまた寒くなるという三寒四温のこの時節、気ままに思いを述べたのがこの「漢宮春」詞である。

霜凝沁園、落英仍含笑、痛失花馨
奈何乍暖寒襲、香殞何疾
惜芳泣雪、春夢去、早了花期
軽嘆息、涙眼拾蕊、難忘誰予歓欣
立尽素枝清影、東風喚回急、雲舞

霜は沁園に凝り、落英　仍お笑を含むも、痛く花馨を失う
奈何せん　乍ち暖きも寒　襲い、香の殞わるること　何ぞ疾き
惜しむらくは　芳　雪に泣き、春夢　去り、早に花期を了うるを
軽く嘆息し、涙眼　蕊を拾う、忘れ難し　誰か歓欣を予えしを
素枝の清影に立ち尽くす、東風　喚び回すこと急に、雲は舞い

雁低

忽聞水繞氷渠、如瑟清吟
天亦温情、疎影処、幾枝花蕾
歓喜地、裁剪氷綃、驚其冷艶驕矜

雁(かり)は低し

忽(たちま)ち聞く 水の氷渠(ひょうきょ)を繞(めぐ)り、瑟(しつ)の如(ごと)く清吟するを
天 亦(ま)た温情あり、疎影(そえい)の処(ところ)、幾枝(いくえだ)の花蕾(からい)ぞ
歓喜して、氷綃(ひょうしょう)を裁剪(さいせん)し、其(そ)の冷艶の驕矜(きょうきん)するに驚く

［語釈］

◆沁園：後漢の明帝の娘、沁水(しんすい)公主が所有していた園林の名。転じて、広大な庭園。　◆痛：ひどく。　◆落英：一八頁［語釈］参照。　◆花馨：花の香り。　◆芳泣雪：雪の冷たさに苛(さいな)まれて、花がまるで泣くかのように萎れること。　◆春夢：ほんの束の間の花咲く春景色の喩え。　◆涙眼拾蕊：目に涙を浮かべて、散り落ちた花びらを拾うこと。　◆歓欣：喜び。　◆立尽素枝清影：白い花の咲く枝の下にできた清らかな木陰に長い間立ち尽くす。　◆東風：一七頁［語釈］参照。　◆雲舞雁低：空飛ぶ雁を押し下げるかのように、雲が低く垂れ込めること。　◆繞：一五頁［語釈］参照。　◆氷渠：氷の流れる側溝。　◆瑟：大型の琴(きん)。　◆清吟：清らかな音色を奏でる。　◆疎影：梅の異称。　◆歓喜：喜ぶ。　◆地：下の動詞に掛かる修飾語を作る助字。「どのようにある動作をするのか」の「どのように」の部分を形成する。ここでは「喜んで」の意。　◆裁剪氷綃：白絹の織物を裁断する。白い梅の花が精緻に枝の上に形作られることの比喩。　◆冷艶：冷ややかな感じのする美しさ。白梅の美しさをいう。　◆驕矜：誰に遠慮することもなく誇示すること。

穀雨詞

穀雨詞

この「穀雨詞」は二〇一六年四月十九日に深圳で作ったもの。時に二十四節気の一つ穀雨に当たった。明の王象晋の『群芳譜』には、「穀雨は、穀雨を得て生ずるなり」とある。穀雨の時節は雨量が増加するが、中国の南方では、「楊花 落ち尽くして 子規 啼く」（李白「王昌齢の龍標に左遷せらるるを聞きて遥かに此の寄有り」詩）とあるように、宙を舞っていた柳絮が全て落ち、夜にはホトトギスが鳴き、牡丹が花を咲かせ、サクランボが赤く熟して、自然の景物は人々に、時節は春の終わりに至ったことを告げるのである。「穀雨織素を洗い」（唐・王貞白「白牡丹」詩）、春は次第に遠ざかり、暦どおりに夏がやって来る。何ぞ必ずしも春を惜しみて穀雨を愁えん、春茗 過ぐるの後 夏蓮を待たん、といったところである。このように夏の訪れを心待ちにしながら、この「穀雨詞」を作ったのであった。

新萍之末、正暮春穀雨、築夢時刻
有鳴鳩、繞樹三匝、振翼撫羽、
　摧播村落
誰喜蚕桑、銀糸繞、戴勝情堕
何梅残桜避、唯卿独尊　牡丹絶色

新萍の末、正に暮春の穀雨、夢を築くの時刻
鳴鳩有り、樹を繞ること三匝、翼を振るい羽を撫し、
　村落に摧播す
誰か喜ばん 蚕桑に、銀糸 繞り、戴勝 情の堕つるを
何ぞ 梅 残し 桜 避くる、唯だ卿のみ独尊たり　牡丹の絶色

嘆尽壺中風月、新茗猶青渋、
沁人神魄
煙雨中、鵲鳴天籟、妍靡渓谷、
寄懐詩墨
把酒桑田、写下了、天地契闊

嘆じ尽くす 壺中の風月を、新茗 猶お青渋、
人の神魄に沁む
煙雨の中、鵲 天籟に鳴き、妍として渓谷に靡り、
懐いを詩墨に寄す
酒を桑田に把り、写き下せり、天地 契闊と

［語釈］

◆穀雨詞：本作は中国の伝統的な「詞」のスタイルに借りて作者が独自に作ったものであり、のせて歌う何らかのメロディーがあるわけではない。◆新萍之末：新たに水草が生じた後。『礼記』〈月令〉に「季春の月……萍始めて生ず」とあり、古来中国では、晩春の時節に水面に水草が浮かぶようになると考えられてきた。◆暮春：晩春。◆時刻：「とき」の意。◆鳴鳩：カノコバト。ハト科の鳥。「斑鳩」とも呼ぶ。同じく『礼記』〈月令〉に「是の月や、野虞に命じて桑柘を伐ること毋からしむ。鳴鳩 其の羽を払い……」とあるのを踏まえる。◆繞樹三匝：樹木の周りを何度も回る。「三」は実数ではなく、数が多いことを表す。◆振翼撫羽：羽をバタバタと羽ばたかせる。◆摧播村落：羽ばたいた結果、羽が抜け落ちて村里にばらまかれる。◆蚕桑：春の早い時期に生え出た桑の葉。◆銀糸繞：銀の糸のような雨が降りかかる。◆戴勝：ヤツガシラ。サイチョウ目ヤツガシラ科の鳥。ユーラシア大陸南部に広く棲息する。広げると扇状になる冠羽を頭に持つ。同じく『礼記』〈月令〉に「是の月や、……戴勝桑に降る」とあるのを踏まえる。◆情堕：

雨に打たれて気が滅入り、飛んでいた「戴勝」が地上に降りること。◆残：枯れかかる。◆絶色：飛び抜けて美しい容色。◆壺中風月：限られた別世界の風月。花々が咲き乱れる春爛漫の時節の比喩。◆新茗：新茶。◆青渋：青い色と渋みが強い。◆沁人神魄：人の魂にまで染み入る。◆天籟：天から吹き下ろされる風の音。◆妍靡：あでやかに降り落ちる。◆詩墨：墨で書いた詩。また、墨で詩を書き付けること。◆桑田：桑などが植えられた田畑。◆天地契闊：たとえ天の配剤や地上の偶然に因ることではあっても、出会えたからには一生あなたについて行く、の意。

秦楼月　驚蟄醒春　　秦楼月（しんろうげつ）　驚蟄（きょうちつ）　春に醒（さ）む

この「秦楼月」詞は二〇一六年三月五日、朝のジョギング後に深圳で作ったもの。時に二十四節気の一つ啓蟄（けいちつ）に当たった。晋の詩人陶淵明（とうえんめい）の「擬古九首」其の三に、「春を促（うなが）して時雨（じう）に遭（あ）わしめ、始めて雷 東隅（とうぐう）に発す。衆蟄（しゅうちつ） 各（おの）おの潜駭（せんがい）し、草木（そうもく） 縦横（じゅうおう）に舒（の）ぶ」とある。「東隅」に龍が吠えるのは、俗世間から遠く隔てられた桃花源の世界に始まる。その声は雷が春雨に変ずるのを促し、冬眠の虫どもが目覚めて万物が生まれる。啓蟄のこの日のジョギングは、雪のように白い梨の花が咲き梅の花が香気を漂わせる竹林の中の小道を走ったものであり、この作は春に酔い夢見心地で詠じたものなのである。

驚雷声、龍吟東隅春初醒　　雷声に驚き、龍（りゅう） 東隅に吟じて 春（はる） 初めて醒（さ）む

春初醒、鶴雲飛渡、淡墨渓影　　春 初めて醒むれば、鶴雲（かくうん） 飛び渡り、淡墨の渓影（けいえい）

梨花吹雪帰雁鳴、飛梅流香酔小径　　梨花（りか） 雪を吹きて 帰雁（きがん） 鳴き、飛梅（ひばい） 香（こう）を流して 小径（しょうけい）に酔う

酔小径、竹林深処、誰詠春景　　小径に酔えば、竹林（ちくりん） 深き処（ところ）、誰（たれ）か春景を詠ぜん

［語釈］

◆秦楼月‥詞牌の名。◆龍吟‥龍が吠える。――大きな雷鳴が響くことの喩え。◆東隅‥天

の東の隅。古代中国では、春は東からやって来るものと考えられていた。◆鶴雲：白い雲。◆淡墨渓影：谷川の水面に淡い墨で描いたような雲の影が映ること。◆梨花吹雪：雪のように白い梨の花が咲くこと。◆帰雁：一七頁［語釈］参照。◆飛梅流香：風に吹かれて飛ぶ梅の花びらが香気を発すること。◆小径：こみち。

解佩令　春分花語

この「解佩令」詞は二〇一六年三月二十日、朝のジョギング後に上海で作ったもの。時に春分の日に当たった。早朝、上海の東郊賓館の敷地をジョギングしていると、赤い桃の花に緑の柳、さえずる鶯（うぐいす）に舞う燕、蝶や蜂が飛び交い、桜は絢爛、梨の花は淡く、更には遅咲きの紅梅と様々であった。池の水面には日の光がたゆたい、花の香りに満ち溢れ、一面に春の風情が見て取れた。そこでこの「解佩令」詞一曲が出来上がったのである。

雁帰園故、蝶沾花霧
美桜開、梨花悄妬
晩梅竟紅、柳最柔、与鶯争舞
痩竹間、筍尖悄露
繽紛花絮、纏綿思緒
酔春処、誰伝花語
微瀾流香、畳紙箋、飄送詩句
正春分、相思無数

解佩令（かいはいれい）　春分花語

雁（かり）は帰りて　園（その）は故（ふ）り、蝶は花霧（かむ）に沾（うるお）う
美桜（びおう）　開きて、梨花（りか）　悄（ひそ）かに妬（ねた）む
晩梅　竟（つい）に紅（あか）く、柳　最も柔かくして、鶯と争って舞う
痩竹（そうちく）の間（かん）、筍尖（じゅんせん）　悄かに露（あら）わる
繽紛（ひんぷん）たる花絮（かじょ）、思緒（ししょ）に纏綿（てんめん）す
春に酔う処（ところ）、誰（たれ）か花語（かご）を伝えん
微瀾（びらん）の流香、紙箋（しせん）を畳（かさ）ね、詩句を飄送（ひょうそう）す
正（まさ）に春分、相思（そうし）　無数なり

［語釈］

◆解佩令：詞牌の名。　◆園故：庭園が古びていること。　◆花霧：花々を包む霧。　◆妬：桜の美しさを妬ましく思うこと。　◆竟：「ようやく」の意。また「何と、意外にも」の意。　◆与鶯争舞：枝垂れ柳の枝が鶯とともに風に舞うこと。　◆痩竹：細い竹。◆筍尖悄露：筍の先端がいつの間にか地面から露出する。　◆繽紛：多くのものが入り乱れるさま。　◆花絮：宙に舞う柳絮（りゅうじょ）。　◆纏綿：まとわりつく。　◆思緒：思い。心情。◆花語：まるで人に語りかけるように咲く花の言葉・言い分。　◆微瀾流香：微かにうねる波のように流れ来る花の香り。　◆畳紙箋：「紙何枚分も」の意。　◆飄送詩句：花が詩心（しごころ）を触発するに十分な良い香りを風に乗せて作者に送ること。　◆相思無数：無数に思いが湧き出ること。

七律　煙花三月遊水郷

七律　煙花三月 水郷に遊ぶ

この七言律詩は二〇一四年三月十三日に上海で作ったもの。時に柳の緑を風がそっと揺らし濛々と小糠雨が降る時節であった。ふと興が湧いたので、車を飛ばして上海郊外の周荘までドライブに行った。元の馬致遠の散曲「天浄沙」〈秋思〉に「小橋 流水 人家」という句があるが、「中国第一の水郷」と称されるこの周荘に最も合致する表現である。縦横に走るクリークには無人の舟が横たわり、ゆるゆると流れる水は清らかで、雨も橋も水も家々も、いずれも江南の風景を描いた天然の水墨画であった。石畳の小道を歩く観光客も、まるで絵の中に迷い込んだかのような心地になる。雨が上がれば、土地の子供や老人達が相連れ立って散歩に出て、水郷の心温まる光景をも垣間見られたのであった。

雨歛煙軽弄靄霏
岸緑柳熏蔵晩梅
画橋横舟客恋桟
水郷萌春雁楽帰
小童笑収油紙傘
老翁軽放釣魚垂

雨 歛まり 煙 軽く 靄霏を弄す
岸は緑に 柳 熏じて晩梅を蔵す
画橋 舟 横わりて 客は桟を恋い
水郷 春 萌えて 雁は楽しみて帰る
小童 笑いて収む 油紙の傘
老翁 軽く放つ 釣魚の垂

歌蕩秋千炊煙起
門掩夕陽待人回

歌(しゅうせん)秋千を蕩(ゆ)らして 炊煙(すいえん) 起こり
門は夕陽(せきよう)を掩(おお)いて人の回(かえ)る待つ

［語釈］

◆煙花三月：花々が靄(もや)にけぶる晩春の時節。李白の「黄鶴楼に孟浩然(もうこうねん)の広陵に之(ゆ)くを送る」詩に「煙花三月 揚州に下(くだ)る」とある。◆煙：ここでは、靄(もや)のこと。◆弄靄霏：うっすらと靄がかかった光景を作り出す。◆柳熏：柳の葉が良い香りを発する。◆蔵晩梅：枝垂れ柳が遅咲きの梅をおおい隠す。◆画橋：色鮮やかに塗られた橋。◆客恋桟：美しい光景に惹かれて旅人が桟橋のあたりに集まる。◆雁楽帰：春になって雁が嬉しそうに帰って来る。◆収油紙傘：油紙を貼った唐傘をすぼめる。◆放釣魚垂：釣り糸を垂れる。◆歌蕩秋千：子供達が歌を歌いながらブランコをこぐ。◆炊煙：夕飯を煮炊きする竈(かまど)の煙。◆門掩夕陽：家の門が夕日をいっぱいに浴びる。

鷓鴣天　清明別

鷓鴣天（しゃこてん）　清明（せいめい）の別れ

この「鷓鴣天」詞は二〇一五年四月五日の深夜に深圳で作ったもの。時に清明節に当たった。夜も静まった時分、世を去った昔の恋人のことを思い起こしていた。永遠の別れとなった彼女との思い出がありありと目に浮かび、ふと心に悲しみが湧き、涙が流れ落ちた。毎年この時節、胸の奥から抑えがたい思いが込み上げてくる。天国にいる彼女の安寧を願いつつ、夢の中で再会できることを望むのであった。

咫尺却陰隔陽絶、
　霎時間花飛月欠
涙湿了這千紙鶴、
　手抖着那同心結
紅燭尽、仍在畳、
　清明夜後君将別
只恨晨風吹星散、
　惟求離後夢不訣

咫尺（しせき）　却（かえ）って陰隔陽絶（いんかくようぜつ）、
　霎時（しょうじ）の間（かん）　花　飛び　月　欠（か）く
涙は湿（うるお）せり　這（こ）の千紙の鶴（つる）、
　手は抖（ふる）えり　那（か）の同心結（どうしんけつ）
紅燭（こうしょく）　尽（つ）くるも、仍（な）お畳（お）るに在り、
　清明の夜の後（のち）　君（きみ）　将（まさ）に別れんとす
只（た）だ恨む　晨風（しんぷう）の星を吹きて散ぜしむるを、
　惟（た）だ求む　離（はな）るるの後　夢に訣（けっ）せざらんことを

［語釈］

◆鷓鴣天：詞牌の名。　◆咫尺：ほんのわずかな距離。　◆却：逆接の助字。「それなのに」の意。　◆陰隔陽絶：この世とあの世とで隔てられていること。　◆霎時間：ほんのわずかな時間。　◆花飛月欠：散る花が風に飛び、月が欠ける。好ましいものがなくなる喩え。　◆千紙鶴：千羽鶴。　◆抖着：震えていた。「着」は動作の持続を表す助字。　◆同心結：錦の帯を切れ目がないように結びあげたもの。中国では古来、恋人同士の深い愛情を表す象徴とされてきた。　◆紅燭：赤い蝋燭（ろうそく）の火。　◆在畳：千羽鶴を折っている。「在」は動作が進行中であることを表す助字。　◆晨風：早朝の風。　◆夢不訣：夢の中では別れを告げない、の意。

青杏児　頤和四月

青杏児　頤和の四月

この「青杏児」詞は二〇一六年四月二日に深圳で作ったもの。この日の午前中、友人から送られた、四月の北京・頤和園の様子を写した春景図を眺めていた。中国独特の赤に塗られた古い壁に照り映えて、白く艶やかな桜の花があちこちで咲き、春の風情は青い空と緑の水の間に満ち溢れ、園内が花の香りで満たされていることが感得できた。清の皇族がこの園林を所有していた往事を振り返ると、今日の春はかつて昔の人を酔わしめ、昔の春は今日まで保存されてきたのだ、と感嘆するばかりであった。明の楊慎の「臨江仙」詞にいう「是非 成敗 頭を転ずれば空し、青山 旧に依りて在り、幾度か夕陽 紅なる」の一節が頭に浮かび、感慨のあまり、この「青杏児」詞を書き上げたのであった。

春近京城羞、宮墻上、妍影桜留
詞賦未吟心先酔、梨花四月、
　頤和楼榭、柔韻神州
風雲鎖石舟、万寿山上数風流
栄辱画廊道不尽、花開也好、
　花謝也好、天朝無憂

春 近くして 京城 羞じらい、宮墻の上、妍影 桜 留む
詞賦 未だ吟ぜずして 心 先ず酔う、梨花の四月、
　頤和の楼榭、柔韻の神州
風雲 石舟を鎖ざし、万寿山上 風流を数う
栄辱の画廊 道い尽くさず、花 開くも也た好し、
　花 謝るも也た好し、天朝に憂い無し

〔語釈〕

◆青杏児：詞牌の名。　◆頤和：頤和園。北京郊外にある庭園公園。南宋期、中国の北半分を占有していた金朝が離宮として造園したことに始まり、以後、元・明・清と受け継がれた。総面積約二九〇ヘクタール。その四分の三を昆明湖と呼ばれる人造湖が占め、それを中心に仁寿殿、玉瀾堂、楽寿堂などの宮殿が立ち並び、それぞれは長い回廊によって連結される。第二次アヘン戦争、義和団事件鎮圧のための八カ国連合軍などにより、しばしば破壊を受けたが、現在は修復されて世界文化遺産にも登録されている。　◆京城羞：北京の街が春を迎えて少女のように羞じらっていること。　◆宮墻：宮殿の壁。　◆妍影：美しい影。桜の花が作る影を指す。　◆楼榭：楼閣や水辺に建てられた亭（あずまや）。　◆柔韻：たおやかな趣。　◆神州：神々（こうごう）しい国。中国を指す。　◆風雲：時勢の移り変わり。特に戦争を指す。　◆石舟：舟に似せて水上に建てられた石造りの建物。一般には「石舫（せきほう）」という。昆明湖畔には「清晏舫（せいあんぼう）」と名付けられた石舫がある。　◆万寿山：昆明湖を作る際に掘り出された土砂を積み上げて作った山。昆明湖の北に聳え、この山に頤和園のシンボルたる仏香閣がなどが建築された。　◆数風流：歴代の文武ともに秀でた英雄を数えてみる。毛沢東の「沁園春（しんえんしゅん）」〈雪〉詞に「風流の人物を数うれば、還（ま）た今朝（こんちょう）を看（み）よ」とあるのを踏まえる。　◆栄辱：栄光と恥辱。ここでは、朝廷の離宮であった輝かしい過去と、外国勢力により幾度か破壊された悲惨な過去とを指す。　◆画廊：美しい絵が描かれた回廊。　◆道不尽：「言い尽くせない」の意。　◆天朝：自分の王朝を誇らしくいう際の称。

点絳唇　春之鵲

点絳唇　春の鵲

この「点絳唇」詞は二〇一六年三月六日の早朝に深圳で作ったもの。時にリチャード・クレイダーマン「鳥を夢みて」の優美なる旋律を聴きながら、友人から送られた、梅の枝に春の鳥が美しい姿勢でとまっている写真を眺めていた。今にも飛び立とうとするもまだ枝にとどまるかのような、鳴こうとするもやはり遠慮するかのような、あたりを見回し思いに浸るようなその心持ちが感受され、それに伴い、早春の花咲く枝にとまる鵲というインスピレーションが泉のように湧き出て、そのまま思いを詠じたのであった。

雛蕊層畳、柔枝綻蕾懸嬌鵲　　雛蕊 層畳す、柔枝 蕾 綻び 嬌鵲を懸く
飛也飛也、欲鳴還羞怯　　飛ぶや 飛ぶや、鳴かんと欲して還た羞怯す
顧盼回睫、尋君心何切　　顧盼して睫を回らせば、君に尋ぬ 心 何ぞ切なると
春正好、両情相悦、同遊花世界　　春 正に好し、両情 相い悦べば、同に花の世界に遊ばん

［語釈］

◆点絳唇：詞牌の名。　◆雛蕊：若鳥と花と。鵲と梅とを指す。　◆層畳：相い重なる。

◆懸嬌鵲：愛らしい鵲が枝にとまること。
◆還：「それでもやはりまた」の意。　◆羞

怯：恥じらって怖じ気づく。◆顧盼：あたりをきょろきょろ見回す。◆回睫：振り返り見る。◆両情：恋人同士の恋愛感情。◆相悦：互いを気に入る。

水調歌頭　春酔

水調歌頭（すいちょうかとう）　春の酔（よ）い

この「水調歌頭」詞は二〇一五年三月十一日に上海で作ったもの。この初春の早朝、上海の東郊賓館の、緑の柳並木・花咲く草むらの中をジョギングしていた。白い梨の花に赤い杏子（あんず）の花、気高く咲く蘭の花に思いが触発され、更に鶯（うぐいす）がさえずり燕が舞い、池の水面に日の光がたゆたい、その池には白鳥が優雅に泳ぎ、まさに麗しい春の景色が園内に横溢し、陶酔するばかりであった。この時、目にした春の水から歌を醸（かも）し、思う存分酔いしれた。そう、春に酔って酔いしれて、しばし帰るのを忘れたくらいであった。

暁色巻雲黛、零露溥草柔
帰雁纔識新緑、嫩柳嫵却羞
杏紅香裏競俏、玉蘭秀中争舞、
　孔雀誰好逑
湖瀾撩春色、天鵝凌水游
鶯約燕、蝶花恋、鷺逐鷗
綺靡情縦花季、月来夜不休
杜鵑声伴簫鼓、画船笙歌唱晩、

暁色　巻雲（けんうん）黛（くろ）く、零露（れいろ）　草の柔（やわらか）きに溥（あまね）し
帰雁（きがん）　纔（わず）かに新緑を識（し）り、嫩柳（どんりゅう）　嫵（こ）びて却（かえ）って羞（は）ず
杏紅（きょうこう）　香裏（こうり）に俏（しょう）を競い、玉蘭　秀中（しゅうちゅう）に争い舞う、
　孔雀は誰（た）が好逑（こうきゅう）ぞ
湖瀾（こらん）　春色を撩（かきみだ）し、天鵝（てんが）　水を凌（しの）ぎて游（およ）ぐ
鶯は燕と約し、蝶花（ちょうか）　恋い、鷺（さぎ）は鷗を逐（お）う
綺靡（きび）の情は花季に縦（ほしいまま）にし、月　来たるも　夜に休（や）まず
杜鵑（とけん）の声は簫鼓（しょうこ）に伴い、画船の笙歌（しょうか）　晩に唱（うた）い、

佳人抛繡球
心酔莫言去、醒来春不留

佳人　繡球（しゅうきゅう）を抛（ほう）る
心　酔えば　去るを言うこと莫（な）かれ、醒（さ）め来たれば　春　留（とど）まらず

［語釈］

◆水調歌頭：詞牌の名。　◆暁色：明け方の空の色。　◆巻雲黛：巻き上がる雲の色が青黒いこと。　◆零露：葉の上の夜露。　◆溥草柔：柔らかな草の生える野原にあまねく行き渡る。　◆帰雁：一七頁［語釈］参照。　◆纔：「そこで初めて、ようやく」の意。
◆嫩柳：萌え出たばかりの柔らかな柳の葉。
◆却：三一頁［語釈］参照。　◆杏紅：杏子の赤い花。　◆香裏：香りの中。　◆競俏：美しさを競う。　◆玉蘭：蘭の一種。　◆秀中：様々に背丈を伸ばす中。　◆好逑：良い連れ合い。似合いの相手。　◆湖瀾：湖の波。
◆天鵝：白鳥。　◆凌水：寄せ来る波を乗り越える。　◆鶯約燕：鶯と燕とがまるで約束していたかのように同じ場所に現れること。
◆蝶花恋：蝶と花とがお互いに引かれ合うこと。　◆鶯逐鷗：鶯が鷗の後を追うように飛ぶこと。　◆綺靡情：麗しい情愛。　◆花季：花の咲く季節。　◆夜不休：夜になってもやむ気配のないこと。　◆杜鵑：ホトトギス。中国では古来、春の終わりを告げる鳥と認識されてきた。　◆簫鼓：笛や太鼓。　◆画船：色鮮やかに彩色が施された豪華な船。貴族が遊びに用いる、一種の屋形船。　◆笙歌：笛の音や歌声。豪勢な宴会の象徴。　◆抛繡球：五色の糸を巻いた毬（まり）を投げる。古代中国の遊びの一つ。　◆春不留：「春はすでに去ってしまっている」の意。

唐多令　春思

唐多令（とうたれい）　春思

この「唐多令」詞は二〇一五年三月二十五日に深圳で作ったもの。時に麗しい春の光が空に満ち、滴らんばかりに春の風情が溢れていた時節、たまたま一幅の緑柳晩梅図に出会った。梅は豆粒の如（ごと）く、柳の葉は女性の眉のようにほっそりしており、しだれた柳の枝は房飾りを垂らしたようで、遅咲きの梅は初春の時節を恋しがるようにひっそり咲いていた。前の夜は雨交じりの強い風が吹き、海棠（かいどう）の花はもはや以前の姿に戻ることはなく、葉の緑が増え花の赤が消えかかる時節、思いは千々に乱れた。春というのは胸中に思いが満ち溢れる季節なのである。

柳帳静流蘇、晩梅恋春初
暗香来、簾巻鶯出
昨夜桜落紅満径、君不見、有菊雛
鴻雁捎錦書、雨潤海棠疎
流霞裏、鳳去雲舒
春来相思情似錦、梅万朶、柳千株

柳帳（りゅうちょう）流蘇（りゅうそ）静かに、晩梅は春初を恋う
暗香（あんこう）来たれば、簾（すだれ）巻きて鶯（うぐいす）出ず
昨夜桜落ち紅（こう）径（こみち）に満つ、君（きみ）見ずや、菊雛（きくすう）有るを
鴻雁（こうがん）錦書（きんしょ）を捎（はこ）び、雨潤（うるお）して海棠疎（そ）なり
流霞（りゅうか）の裏（うち）、鳳（ほう）去り雲舒（の）ぶ
春来（しゅんらい）相思の情は錦（にしき）に似たり、梅は万朶（ばんだ）、柳は千株（せんしゅ）

［語釈］

◆唐多令：詞牌の名。　◆柳帳：枝垂れ柳が帳のように垂れること。　◆流蘇：色とりどりの羽や絹糸を束ねて作った房飾り。　◆暗香：微かな香り。特に梅の香りを指す。　◆簾巻：簾が巻き上げられる。柳の枝が風に吹かれて舞い上がることの比喩。　◆紅：散り落ちた桜の花びら。　◆君不見：君よ、あれが見えないのか、の意。　◆菊雛：菊の苗。

◆鴻雁：雁や白鳥などの渡り鳥。中国では古来、雁は手紙を運ぶ鳥と認識されてきた。　◆錦書：手紙の美称。　◆海棠疎：海棠の花がほとんど散り落ちてまばらになること。　◆流霞：様々に色合いを変える朝焼けや夕焼け。　◆雲舒：雲が広がること。　◆春来：春になって以降。　◆情似錦：思いが千々に乱れること。　◆万朶：無数の枝。

唱金縷　端午

唱金縷　端午

この「唱金縷」詞は二〇一六年六月九日に深圳で作ったもの。当日は旧暦の五月五日、中国伝統の端午の節句に当たった。この節句は詩人の屈原を記念するがために設けられたものである。詩人の文天祥はかつて屈原を詠じて、「当年の忠血　讒波に堕ち、千古　荊人　汨羅を祭る。風雨　天涯　芳草の夢、江山　此くの如きも　故都は何ぞ」と歌った（「端午感興」詩）。屈原の作「離騒」は、一代の詩人が空前絶後の忠義を貫き、鴻鵠の志を保って世俗を離れ、多くの賦を遺して世を去った際の作品である。「文は以て道を載せ、詩は以て志を詠ず」と言われるが、屈原の作品は誠にもって人をして慨嘆せしめるものがある。そこでこの「唱金縷」詞を作って、現代人の目を覚まさせ、その志を励まそうとしたのである。

激流詠今古、汨羅江、龍舟争渡、
　詩人何処
離騒唱罷楚天暮、昆侖頓傾砥柱
曠世千載伝一賦
鷙鳥不群君帰去

激流　今古を詠ず、汨羅江に、龍舟　渡るを争うも、
　詩人は何れの処ぞ
離騒　唱い罷りて　楚天　暮れ、昆侖　頓に　砥柱　傾く
曠世　千載　一賦を伝う
鷙鳥　群れず　君は帰り去る

懐故国、大夫悲相訴
恨饞妬、憎趨鶩
蘭滋九畹竹封戸、訪彭咸、鶴汀仙渚、
　雲夢懸圃
有道無鳳是非酷、非時有情何物
乾坤重、浮沈誰主
日転星移紅塵覆、写一首懐古長短句、
　飲金樽、唱金縷

故国を懐い、大夫 悲みて相い訴う
饞妬を恨み、趨鶩を憎む
蘭は九畹に滋り 竹は戸を封ず、彭咸を訪ぬるは、鶴汀仙渚か、
　雲夢懸圃か
道有るも鳳無し 是非は酷なり、時に非ずして情有るは何物ぞ
乾坤 重く、浮沈 誰か主る
日 転じ 星 移りて 紅塵 覆う、一首の懐古の長短句を写し、
　金樽を飲み、金縷を唱わん

［語釈］

◆唱金縷：詞牌の名。　◆汨羅江：失意の屈原が各地を放浪した末に身を投げた川の名。◆龍舟：舳先に龍の頭が施された船。ドラゴンボート。中国では端午の節句にこれによる競艇が行われる。屈原が入水した際、民衆が彼を助けようと先を争って船を出したと伝えられることによる。　◆離騒：屈原の代表作。楚の国を追放されて後、投身自殺を決意するまでの彼の心情が夢幻的に詠われている。

◆昆侖：仙人が住むという西方の山。「崑崙」とも書く。今のヒマラヤの山々。　◆頓：突然。いきなり。　◆傾砥柱：支柱が傾く。　◆曠世：長い年月。　◆千載：千年。　◆一賦：「離騒」を指す。　◆鷙鳥：鷲などの猛禽類。群を作らない孤高の鳥。屈原を指す。　◆帰去：あの世へ旅立つ。　◆故国：屈原が仕えた戦国時代の楚の国を指す。　◆大夫：屈原を指す。屈原は「三閭大夫」の職に在っ

た。　◆饞妬：讒言（ざんげん）と嫉妬と。　◆趨鶩：群をなして行動する野鴨。他人の意見に流される俗人の喩え。　◆九畹：一八頁［語釈］「滋九畹」参照。　◆竹封戸：竹藪が住宅を封じ込める。　◆彭咸：殷代の賢者。屈原と同じく、君主を諌めて聞き入れられず、水に身を投げて自殺したと伝えられる。　◆鶴汀仙渚：鶴に乗った仙人が集う岸辺。仙界を指す。◆雲夢：中国の洞庭湖の近くにあった湿地帯の名。古代の楚の地。　◆懸圃：崑崙（こんろん）山の頂。神仙が住むと伝えられる。　◆有道：世の中に道徳が行われること。　◆鳳：想像上の瑞鳥。世が太平であれば飛んで来ると考えられていた。　◆非時：太平の時ではない。世が乱れること。　◆有情：ここでは、世を正そうとする気持ちのあること。　◆乾坤：天地。　◆日転星移：時代が移ること。　◆紅塵：汚い俗世間の塵（ちり）。　◆写：書く。　◆長短句：詞（ツー）のこと。詞は各句の字数が不揃いであることによる。　◆金樽：金色の酒樽。　◆唱金縷：「金縷」の歌を歌う。「金縷」は、唐の杜秋娘（としゅうじょう）が詠じた「金縷曲」（「金縷衣」とも）を指す。

点絳唇　夏夜林間趣

点絳唇（てんこうしん）　夏夜（かや）林間の趣き

以下二首の「点絳唇」詞はいずれも二〇一五年六月中旬にタイのチェンマイで作ったもの。時に仲夏の時期の夜、野趣溢れ蓮池が点在するフォーシーズンズホテルに滞在していた。部屋のバルコニーは芭蕉の木や竹の林になかばおおわれ、群青色の夜空には清らかな月が雲間に浮かび、芭蕉の葉や伸びた竹の間をすり抜けて月影がバルコニーに差し込んでいた。熱帯雨林特有の虫の音や蛙の鳴き声が次々に耳に届き、時折スコールも起こって、雨は芭蕉の葉を打ち、風は竹の枝を揺らした。このような夜空、このような夏の夜は、神仙世界どころではない、それ以上の感動が湧いたのであった。

日落鶴飛、双双追着煙霞去　　日落ちて鶴飛び、双双 煙霞（えんか）を追いつつ去れり

敲打金竹、誰知林中趣　　金竹（きんちく）を敲（たた）き打つ、誰（たれ）か知らん 林中の趣きを

夏夜銀蟾、聴見悄悄語　　夏夜の銀蟾（ぎんせん）、悄悄（しょうしょう）の語 聴（き）こゆ

蘭亭裏、燕約鶯児、住着神仙侶　　蘭亭の裏（うち）、燕は鶯児（おうじ）と約し、住めるは神仙の侶（りょ）

［語釈］

◆双双：鶴が二羽連れ立って飛ぶこと。

◆追着：追いかけながら。「着」は動作の持続

を表す助字。　◆煙霞：空にかかる靄（もや）。　◆敲打金竹：雨が竹の葉を打つこと。「金竹」は南方に産する、茎が黄色い竹。　◆銀蟾：白銀色の月。中国では古来、月にはヒキガエル（蟾）が住んでいると伝えられてきたことによる。
◆聴見：「聞こえる」の意。　◆悄悄語：ひそひそ話。同じく月には神仙が住むとも伝えられる。　◆蘭亭：現在の浙江省紹興市の西南にある庭園。晋の王羲之（おうぎし）がここに名士を集め、曲水流觴（きょくすいりゅうしょう）の宴を開いたことで知られる。
◆燕約鶯児：燕や鶯（うぐいす）を初めとする多くの鳥達がまるで約束していたかのように飛び集まること。「児」は可愛らしいもの・ささやかなものに付ける助字であり、特に意味はない。
◆神仙侶：神仙のともがら。仙人の仲間。

点絳唇　如此星月

月懸樹梢、灑皎潔靡了伊甸
星宿蓮苑、誰与卿指点
酔竹裏辺、風流鶯約燕
更闌静、夢香情暖、
　怎的不艶羨

点絳唇　此くの如き星月

月は樹梢に懸かり、皎潔を灑ぎて伊甸に靡りぬ
星は蓮苑に宿る、誰か卿の与に指点する
竹裏の辺に酔い、風流　鶯　燕と約す
更闌けて静かに、夢は香ばしく　情は暖かなり、
　怎的で艶羨せざらんや

［語釈］

◆樹梢：木々のこずえ。　◆皎潔：白く清らかな月の光。　◆伊甸：キリスト教などで伝承されるエデンの園。地上の楽園の比喩。　◆蓮苑：蓮の花咲く庭園。　◆指点：指さし示す。　◆竹裏辺：竹林の中。　◆鶯約燕：三七頁［語釈］参照。　◆更闌：夜もふけて明け方近くになること。　◆夢香情暖：夢見心地となり、気分がうっとりすること。　◆怎的：どうして。　◆艶羨：うらやましく思う。あこがれる。

唐多令　泳夏　　唐多令　夏に泳ぐ

この「唐多令」詞は二〇一五年七月中旬に深圳で、夕方の水泳の後に飲んだ酒の心地良さに感動して作ったもの。長年私は、一年を通して朝にジョギングをし、昼はテニス、夕方はマシン・トレーニングに水泳を加えることを習慣にしている。深圳市内の山の上に建つ我が家にはプールがあり、眺めは良く、のんびり泳いでいる時には沈む夕日が眺められる。時に鵲の鳴き声が耳に届き、睦まじく飛ぶつがいの燕を見ては微笑ましく思い、その際の情感を詠じようと詩想をしばし巡らす。これこそが我が最愛の時間なのである。これがために、しばしば外部とのやりとりの多くを投げ捨てておいてしまうのだが、それもこの一時のためなのである。名利とは我が身を取り巻く外界に左右されるものであるが、水中の楽しみはこの上なく我が心を和ませるのである。

熱月泳夏清、写意心自寧
醇瀾間、酣暢舒軽
一池碧水一池翠、映燕過、聴鵲鳴
撃水蕩浮名、飄流任凭生
俯仰間、呼雲吸星

熱月 夏に泳ぐは清し、意を写せば心 自ら寧かなり
醇瀾の間、酣暢して舒軽たり
一池の碧水 一池の翠、燕の過ぎるを映し、鵲の鳴くを聴く
水を撃ちて浮名を蕩い、飄流して 生に任凭す
俯仰の間、雲を呼び星を吸う

荘周非魚知魚楽、水中好、
最怡情

荘周 魚(うお)に非ずして魚の楽しみを知る、水中 好(よ)し、
最も情を怡(よろこ)ばしむ

［語釈］

◆熱月：一年のうちの暑い月。夏を指す。 ◆写意：心中の思いを詞詩に書く。 ◆醇灡：人を心地よくさせる波。 ◆酣暢：酒を心地良く飲むこと。 ◆舒軽：気持ちがゆったりする。 ◆映燕過：飛ぶ燕の姿を水面に映す。 ◆撃水：水を叩く。水泳を指す。 ◆蕩浮名：浮ついた世俗の名声を投げ捨てる。 ◆飄流：水の上を漂う。 ◆俯仰間：極めて短い時間。 ◆荘周：戦国時代の思想家、荘子の名。 ◆非魚知魚楽：『荘子』秋水篇にある故事に基づく。ある日荘子と恵子(けいし)が連れ立って釣りに出かけた際、荘子は「儵(ゆう)魚(ぎょ)出(い)でて遊び従容(しょうよう)たり。是(こ)れ魚の楽しみなり」と言った。それに対して恵子は、「子(し)は魚に非ず。安(いず)くんぞ魚の楽しみを知らんや」と反問したという。 ◆怡情：心を喜ばせる。心を和ませる。

唐多令　夏夜夢蝶

唐多令（とうたれい）　夏夜（かや）　蝶を夢（ゆめ）む

この「唐多令」詞は、二〇一五年八月上旬の夜に深圳で作ったもの。南国深圳の夏の盛り、時に我が家の庭でくつろいでいた。蛙の声や虫の音があたりに響き、螢（ほたる）がひっそり近くを飛ぶ中、友人から送られた、月夜に樺（かば）の木に蝶が舞うという美しい写真を眺めていると、心がふわふわゆらゆらと浮き上がるような心地になり、身も心も蝶となって夢の中に飛んで行くのであった。

樺樹邀月明、招来藍精霊
翩翩然、甜夢中行
相思化蝶玲瓏舞、君未醒、
　却怡情
追不上飛星、逮不着流螢
捉迷蔵、遊戯鬼精
飛也飛也躲哪裏、悄悄話、
　耳語卿

樺樹（かじゅ） 月明（げつめい）を邀（むか）え、 藍（あお）き精霊を招来す
翩翩然（へんぺんぜん）として、 甜夢（てんむ）の中（うち）に行く
相思 蝶に化（か）して 玲瓏（れいろう）として舞う、 君（きみ） 未だ醒（さ）めざるも、
　却（かえ）って情を怡（よろこ）ばしむ
飛星に追い上（つ）かず、流螢（りゅうけい）に逮（およ）び着（つ）かず
迷蔵（めいぞう）せるを捉（と）らう、 鬼精（きせい）に遊戯す
飛ぶや 飛ぶや 哪裏（いずこ）に躲（かく）るる、 悄悄（しょうしょう）として話（わ）し、
　卿（きみ）に耳語（じご）せん

［語釈］

◆樺樹：カバノキ。落葉樹。　◆月明：明るい月。　◆翩翩然：ひらひらと舞い飛ぶさま。

◆甜夢：甘い夢。　◆玲瓏：光を浴びて白く輝くさま。　◆却：三一頁［語釈］参照。

◆怡情：四七頁［語釈］参照。　◆逮不着：「追いつけない」の意。　◆流螢：飛ぶ螢。

◆捉迷蔵：かくれんぼ。　◆遊戯：じゃれて遊ぶ。　◆鬼精：幽霊や妖精。　◆悄悄話：ひそひそ話。　◆耳語：耳打ち話をする。

念奴嬌　北大秋緒

念奴嬌（ねんどきょう）　北大（ほくだい）の秋緒（しゅうしょ）

この「念奴嬌」詞は二〇一四年十一月十日に北京で作ったもの。副題にいう「北大」とは即ち中国の最高学府、北京大学を指す。北京一帯は戦国時代の燕（えん）の国であったことから「燕園」とも称される。時に天高くして雲淡く、秋の爽やかな空気が満ち溢れており、秋はまさしく北京、ひいては北京大学の最も美しい季節なのであった。その日、北京大学のキャンパス内を逍遥していると、未名湖（みめいこ）という池のほとりに博雅塔（はくがとう）（一九二四年に建てられた高さ三十七メートルの貯水塔）が寄り添うように聳え、黄金色（こがねいろ）の銀杏（いちょう）の葉が金色の陽光の中に舞い散り、幽静なる林の小道をおおっていた。北京大学の知り合いは数年前にここを去り、今では、古い木々になかばおおわれた数棟の赤レンガ校舎（「紅楼」と呼ばれる）が往時を偲ばせるだけである。北京大学創立以来百有余年の間の変遷を振り返り、歴代の先哲達の教えに思いを馳せていると、いつの間にか夜となり、空にはただ一輪の秋月が残されているだけであった。

落葉幡纚、秋空浄、銀杏尽化金羽
堤畔丹湖、尽才俊、未名何従何去
百年立心、万巻求道、博雅塔賢聚
華曜書圃、苑韞君子如玉

落葉（らくよう） 幡纚（はんさい）し、秋空（しゅうくう） 浄（きよ）く、銀杏（ぎんきょう） 尽（ことごと）く金羽（きんう）に化す
堤畔（ていはん）の丹湖、尽く才俊、未名（みめい） 何（いず）く従（よ）りして何（いず）くにか去る
百年 心を立て、万巻（ばんかん） 道を求め、博雅塔に賢（けん） 聚（あつま）る
華曜（かよう）なる書圃（しょほ）、苑（その）は韞（つつ）む 君子の玉（ぎょく）の如（ごと）きを

世紀風雲散尽、多少遺恨、紅楼蔵今古
最愛修竹、瑟瑟裏、猶訴大師思緒
浮生易逝、春秋難著、堂高望東蘺
夜色正好、湖畔静釣秋月

世紀の風雲 散じ尽くして、多少の遺恨ぞ、紅楼 今古を蔵す
最も愛するは 修竹の、瑟瑟たる裏、猶お大師の思緒を訴うるを
浮生 逝き易く、春秋 著し難し、堂 高くして 東蘺を望む
夜色 正に好し、湖畔 静かに秋月に釣る

［語釈］

◆念奴嬌：詞牌の名。　◆幡纚：風に舞うさま。　◆丹湖：日を浴びて赤く色づいた湖。未名湖を指す。　◆尽才俊：未名湖畔に集うのは俊才ばかり、の意。　◆未名：名も知らぬ人々。未だ名声を得ない者。「未名湖」に因んだ措辞。　◆百年：北京大学は一八九八年の創立。「百年」は概数。　◆立心：志を立てる。　◆万巻：図書館に所蔵される無数の書物。　◆求道：真理を追い求める。　◆賢：賢人。賢者。　◆華曜：輝かしいさま。　◆書圃：書の畑。学問の府をいう。　◆韞：中に含み持つ。　◆君子如玉：宝玉に匹敵する立派な人徳者。『詩経』〈秦風〉「小戎」詩に、「言に君子を念う、温なること其れ玉の如し」とあるのを踏まえる。　◆世紀風雲：一世紀にわたる時代の変革。　◆多少：「どれほどの」の意。　◆蔵今古：開学以来の様々な歴史的事象を秘蔵する。　◆修竹：長く伸びた竹。　◆瑟瑟：かさかさと風に鳴る葉音の形容。　◆大師思緒：偉大なる学者達の思い。　◆浮生易逝：人生はあっという間に過ぎ去ってしまう、の意。　◆春秋難著：四季折々の出来事をいちいち記録しておくことはできない、の意。　◆東蘺：「東籬」（一八頁［語釈］参照）に同じ。　◆夜色：夜の景色。　◆釣秋月：秋の月が映る水面に釣り糸を垂れる。

烏夜啼　秋別

烏夜啼（うやてい）　秋の別れ

この「烏夜啼」詞は二〇一五年八月二十九日に深圳で作ったもの。時に初秋の時節、中国では新学期が始まろうとする際に、最愛の我が娘が遠くアメリカの寄宿制中学校に留学しようとしており、惜別の思いが潮の如（ごと）く湧いていた。親は誰しも子供に対してとことんまで気をかけ無限の愛情を注ぐもの。しかし娘は遙か海の向こうに旅立とうとしている。ただ娘の幸せを切に願う思いが綿々と残るのみであった。

残荷再添蓮恨、菊香不続卿魂
秋風只道催芳痩、花飛去無痕
離愁疎慵落日、別緒繾綣暮雲
梧桐墜葉掩金井、独立泣黄昏

残荷（ざんか）　再び蓮恨（れんこん）を添え、菊香（きくこう）　卿（きみ）が魂（こん）を続（つな）げず
秋風（しゅうふう）　只（た）だ道（い）う　芳（ほう）の痩（や）するを催（もよお）すと、花　飛びて　去りて痕（あと）無し
離愁（りしゅう）　落日に疎慵（そよう）たりて、別緒（べっしょ）　暮雲に繾綣（けんけん）たり
梧桐（ごどう）の墜葉（ついよう）　金井（きんせい）を掩（おお）い、独り立ちて黄昏（こうこん）に泣く

［語釈］

◆烏夜啼：詞牌の名。　◆残荷：枯れかかった蓮。　◆蓮恨：蓮の悲しみ。「蓮根」及び「連恨」（連なる恨み）との掛詞（かけことば）。　◆芳：花々。

◆花飛去無痕：花が風に散り落ちて跡形も無くなること。　◆離愁：別離の悲しみ。　◆疎慵：物憂（ものう）い。　◆別緒：惜別の思い。

◆繾綣：固く結ばれてほどけない。また、まとわりつくこと。 ◆梧桐：アオギリ。アオイ科の落葉高木。中国では、この木は秋になると真っ先に黄ばんで落葉すると認識されている。 ◆墜葉：散り落ちる葉。 ◆金井：井戸の美称。

朝天子　洞庭秋月
和李白洞庭七絶

朝天子　洞庭の秋月
李白の洞庭七絶に和す

この「朝天子」詞は二〇一五年十月初めに、アメリカに留学している息子と娘を訪ねていた期間に作ったもの。静かな夜に、李白の七言絶句「洞庭に遊ぶ」の「南湖の秋水 夜煙無し、耐ぞ流れに乗じて直ちに天に上る可けんや。且く洞庭に就きて月色を賖り、船を将て酒を白雲の辺に買わん」を吟唱していると、秋の月明かりの下、洞庭湖に舟を浮かべる李白の姿が想像された。風も波も穏やかで、そこに月の光が寄り添う。そんな光景を想像しているうちに、いつの間にか心は時を超えて李白の生きた盛唐の時代へと飛び、飄々として豪放なる詩仙李白と対話して、心ゆくまでともに遊びともに酔ったのであった。

秋光、徜徉、風吟瀾低唱
雲散天外桂子香、欲賖美酒天上
泛舟洞庭、懸月相望、怎的耐住疎狂
天醸、酔翔、題詩孀娥繡帳

秋光、徜徉し、風は吟じ 瀾は低唱す
雲 天外に散じ 桂子 香しく、美酒を天上に賖らんと欲す
舟を洞庭に泛ぶれば、懸月 相い望み、怎的で疎狂を耐住せんや
天醸に、酔いて翔れば、詩を題せん 孀娥の繡帳に

［語釈］

◆朝天子：詞牌の名。　◆洞庭：洞庭湖。現在の湖北省東北部にある湖。長江と連接し、唐代においては中国最大の湖であった。　◆李白洞庭七絶：正確には、「族叔の刑部侍郎曄及び中書賈舎人至に陪して洞庭に遊ぶ五首」其の二を指す。　◆秋光：ここでは、秋の月の光を指す。　◆徜徉：あたりを徘徊する。ここでは、月が天空を移動すること。　◆低唱：声を抑えて歌を歌う。　◆桂子：桂の木。中国では古来、月には桂の木が生えていると考えられてきた。　◆賖：現金ではなく、掛けで買う。　◆懸月：空に高くかかる月。◆怎的：四五頁［語釈］参照。　◆耐住：動じることなく耐える。「住」字はどっしり落ち着いて動かないことを表す助字。　◆疎狂：細かいことにこだわらず、常識を無視しがちな性格。豪放。　◆天醸：天で醸造された酒。◆題詩：壁などに詩を書き付ける。　◆嫦娥：夫から不死の薬を盗んで月の宮殿へと飛んで逃げたと伝えられる仙女。「姮娥」とも呼ばれる。　◆繡帳：刺繡を施した美しい帳。

酔太平　西子秋問

酔太平　西子　秋に問う

この「酔太平」詞は二〇一五年十月下旬に杭州で作ったもの。時に秋も深まった時節、「人間の天堂」（この世の天国）と称される杭州に出張し、西湖のほとりに滞在していた。朝は西湖の周りをジョギングし、夜は湖畔を散歩して蓮の花を観賞し、日中は近くの霊隠寺に参拝した。夏の艶やかな光景はすでに過ぎ去りし夢となり、秋のもの悲しさが次第に深まってきていたが、湖畔はなおも風月の古雅な趣を存し、霊隠寺には絶えずゆらゆらとお香を焚く煙があがって、俗世の内で歳月を無駄に過ごしてきた我が身を嘆くばかりであった。

秋来 蕭索たり、猶お婆娑たるを憶う、
　湖畔の芙蓉に風荷を聴き、花 開けば 花の落つるを嘆く
風は西冷橋に凄凄たりて紅顔の痩するを賦し、
　煙は東坡堤に朦朦たりて千秋の作を吟じ、
　径は古刹禅に幽幽たりて霊隠の仏を問えば、
紅塵に何ぞ蹉跎たる

秋来蕭索、猶憶婆娑、
　湖畔芙蓉聴風荷、花開嘆花落
風凄凄西冷橋賦紅顔痩、
　煙朦朦東坡堤吟千秋作、
　径幽幽古刹禅問霊隠仏、
紅塵何蹉跎

［語釈］

◆酔太平：詞牌の名。　◆西子：春秋時代の越の国の美女、西施。ここでは、北宋の蘇軾が「西湖を把りて西子に比せんと欲す」（「湖上に飲み初め晴れ後に雨ふる」詩）と詠じたことに基づき、杭州の西部にある西湖を指す。
◆秋来：秋になって以来。　◆蕭索：ひっそりとしてもの寂しい。　◆婆娑：ここでは、蓮が優美に風に揺れるさま。　◆芙蓉：蓮の花。
◆風荷：ここでは、蓮池を渡る風。　◆凄凄：ぞっとするほど冷ややかなさま。　◆西冷橋：西湖の北岸に架かる橋の名。元来は「西泠橋」と書かれた。北斉の名妓蘇小小がかつてこの橋のたもとに住んでいたと伝えられ、後にここに蘇小小の墓が築かれた。　◆紅顔：赤みを帯びた顔。ここでは、美しい蘇小小の顔を指す。　◆煙：二九頁［語釈］参照。　◆東坡堤：西湖の西部、湖の中を南北に縦断するように築かれた堤防。一般には「蘇堤」と呼ばれる。長さ約二八〇〇メートル。北宋期に杭州知事としてこの地に赴任した蘇軾（号は「東坡」）によって築かれた。　◆千秋作：千年の長きにわたって後世に伝えられる蘇軾の名作。具体的には、上掲「湖上に飲み……」詩などの杭州で詠じられた作品群を指す。　◆幽幽：ひっそりとしているさま。　◆古刹禅：歴史ある禅寺。東晋期に建立された杭州の古刹、霊隠寺を指す。　◆紅塵：四二頁［語釈］参照。　◆蹉跎：歳月を無駄に過ごすこと。

朝天子　美潭秋吟

朝天子（ちょうてんし）　美潭（びたん）秋吟

この「朝天子」詞は二〇一五年十一月七日にこの世の楽園たる九寨溝（きゅうさいこう）で作ったもの。これまでずっと憧（あこが）れ続けてきた秋の九寨溝に、念願叶ってこの時ようやく訪れることができたのであった。この日、秋の色に濃く彩られた林間を歩いて行くと、眼前にまるで一枚の油絵のような美しい九寨溝が現れた。岸辺には秋の日の葦（あし）の草むらが青々と茂り、草むらの間には深く青い水がうねうねと横たわり、あたかも天上世界の妙（たえ）なる水が人間世界に流れ落ちたかの如（ごと）くであった。渓流は随所に歌声を上げ、そのほとりには真っ赤な楓の木がちらほら点在していた。夢のように美しい風景の中、私はまるで絵の世界に迷い込んだかのような夢見心地の気分となり、しばし時の過ぎるのを忘れるほどであった。

天醸、瓊漿、人間何処蔵
翠谷流翡紫淵香、美酒蒹葭中淌
楓樹枕渓、葉紅泉上、玉液黯浸秋傷
浮華、平常、盈虚酔醒杜康

天醸（てんじょう）、瓊漿（けいしょう）、人間（じんかん） 何（いず）れの処（ところ）にか蔵（ぞう）せる
翠谷（すいこく） 翡（ひ）を流し 紫淵（しえん） 香（かんば）し、美酒 蒹葭（けんか）の中（うち）に淌（なが）る
楓樹（ふうじゅ） 渓（けい）に枕（のぞ）み、葉は泉上に紅（あか）く、玉液（ぎょくえき） 黯（あん）に秋傷（しゅうしょう）を浸（ひた）す
浮華（ふか）なる、平常、盈虚（えいきょ） 杜康（とこう）に酔醒（すいせい）す

［語釈］

◆美潭：美しい川の淵。九寨溝を指す。九寨溝は中国四川省北部のアバ・チベット族チャン族自治州にある自然保護区。標高三四〇〇メートルから二〇〇〇メートルの間に大小百以上の棚田状の湖沼が連なり、水は透明度が高く、底には石灰岩の成分が沈殿し、日中には青、夕方にはオレンジなど独特の色を放つ。　◆天醸：五五頁［語釈］参照。　◆瓊漿：仙人の飲む妙なる水。また、美酒の喩え。　◆人間：人間世界。　◆翠谷：青い谷。

◆流翡：翡翠（かわせみ）色の水を流す。　◆蒹葭：葦や葭。　◆淌：流れ落ちる。　◆渓：渓流。谷川。　◆泉上：渓流のほとり。　◆玉液：甘美なる水。　◆秋傷：秋に胸を痛めるその思い。秋の悲しみ。　◆浮華：浮（うわ）ついて中身がない。　◆盈虚：満ち足りていることと虚しいことと。人の世の盛衰をいう。　◆杜康：伝説上の、初めて酒を造った人。転じて、酒を指す。

水調歌頭　中秋長城懐古

水調歌頭（すいちょうかとう）　中秋　長城懐古

この「水調歌頭」詞は二〇一四年九月七日に北京で作ったもの。秋の風情に満ち溢れる北京の黄昏時（たそがれどき）、友人とともに心勇んで万里の長城に登った。西に傾く夕日は金色の光を雄大な長城に注ぎ、夕焼けの色が古い城壁に照り映え、更に清らかな月が空に昇って暮れ方の色合いが次第に深まる時分、我々はうねうねと連なる長城の上を存分に歩いたのであった。すると中華数千年の重厚なる歴史が眼前に再現されるかのような気分となり、血潮が湧き上がるのが感ぜられた。往事の烽火（のろし）はもう上がることはなく、歴代の諸将の功績を評価するのも今では難しい。ただこの「水調歌頭」詞を吟じて、我が心の思いを吐露するのみであった。

夕陽懐古志、暮霞暖長城
千年烽煙散尽、猶見秦月明
春秋五覇合縦、難敵始皇連横、
　一統九州同
龍城行万里、中華血脈通
中秋近、把酒処、笑談中

夕陽（せきよう）　懐古の志（こころざし）、暮霞（ぼか）　長城に暖かなり
千年の烽煙（ほうえん）　散じ尽くすも、猶（な）お見る　秦月の明らかなるを
春秋（しゅんじゅう）の五覇　合縦（がっしょう）するも、始皇（しこう）の連横（れんおう）に敵（かな）い難く、
　一統して　九州同じ
龍城　行くこと万里（ばんり）、中華の血脈　通ず
中秋　近く、酒を把（と）る処（ところ）、笑談の中（うち）

難評千秋功罪、唯聞七弦桐
西連五岳雄覇、東接垂虹鎮海、
　陽関三畳声
月円誰与共、酔吟万世功

評し難し 千秋の功罪を、唯だ七弦桐（しちげんどう）を聞くのみ
西は五岳（ごがく）に連なりて雄覇し、東は垂虹（すいこう）に接して海を鎮（しず）む、
　陽関 三畳（さんじょう）の声
月 円（まど）かにして 誰（たれ）と共（とも）に、酔いて万世（ばんせい）の功を吟ぜん

〔語釈〕

◆中秋：旧暦の八月十五日。一年のうちで満月が最も美しい夜。 ◆長城：万里の長城。戦国時代、北方の騎馬民族の侵入を防ぐために築かれた城壁。秦の始皇帝が中原を統一した後、更に補強された。現存の長城は主に明代に築かれたもの。 ◆暮霞：夕焼け。 ◆烽煙：敵の侵攻を知らせる烽火（のろし）。 ◆秦月明：秦代の明るい月。唐の王昌齢（おうしょうれい）の「雑曲歌辞」其の一に「秦時の明月 漢時の関（かん）」とあるのを踏まえる。 ◆春秋五覇：春秋時代に前後して天下に覇を唱えた英雄。一般には、斉の桓（かん）公（こう）、宋の襄公（じょうこう）、晋の文公、秦の穆公（ぼくこう）、楚の荘王を指す。 ◆合縦：戦国時代に蘇秦（そしん）が提唱した説。韓・魏・趙・燕・斉・楚が南北に同盟して西の秦に対抗しようとする策。 ◆始皇：秦の始皇帝。 ◆連横：戦国時代の張儀が提唱した説。韓・魏・趙・燕・斉・楚の各国がそれぞれに秦と同盟を結んで国の存続を図る策。一般には「連衡」と呼ばれる。 ◆一統：統一する。 ◆九州：中国を指す。古代中国では中原を九つの州に分けていたことによる。 ◆龍城：ここでは、龍のようにうねうねと連なる長城を指す。 ◆把酒処：酒を手にして飲む時。 ◆笑談中：古代の歴史を笑いを交えて談じ合っているうち。 ◆千秋功罪：古代の諸将の功績と罪と。 ◆七弦桐：七弦の琴（きん）。 ◆五岳：中国の五大名山。一般には、泰山（たいざん）（東岳）・衡山（こうざん）（南岳）・

華山（西岳）・恒山（北岳）・嵩山（中岳）を指す。◆雄覇…覇を唱える。◆垂虹…空に架かる虹。◆陽関三畳…古代の曲名。「西のかた陽関を出ずれば故人無からん」と詠ずる唐の王維の「元二の安西に使するを送る」詩を拡張してメロディーにのせた歌。「陽関」は唐代、敦煌付近にあった関所の名。◆万世功…永遠に語り継がれる功績。

朝中措　重陽

朝中措（ちょうちゅうそ）　重陽（ちょうよう）

この「朝中措」詞は二〇一五年十月二十日に北京で作ったもの。時に旧暦の九月九日、重陽の節句に当たった。北中国ではすでに秋も深まったこの時節、王維が「独り異郷（いきょう）に在りて異客（いかく）と為（な）り、佳節に逢う毎（ごと）に倍（いよ）いよ親（しん）を思う」（「九月九日　山東の兄弟（けいてい）を憶（おも）う」詩）と詠じたように、自然と故郷の家族のことに思いが及んだ。そこで重陽の伝統にならって、山に登って秋の景色を眺めた。赤く色づく菊の花を愛でて桂の木の香りに酔い、杯を手にして風に臨み、欄干にもたれて遠くを眺めていると、故郷の家は靄（もや）に霞んで見えず、思いは更に暮るばかりであった。

重陽秋色秀又濃、登高吟且行
仰飲月釀香桂、俯酌東籬菊紅
風流従容、三秋正好、把酒臨風
酔幾度紅塵重、夢幾回家朦朧

重陽の秋色（しゅうしょく）　秀いでて又（ま）た濃く、高きに登って吟じ且（か）つ行く
仰（あお）ぎては月の醸（かも）せる香桂（こうけい）を飲み、俯（ふ）しては東籬（とうり）の菊紅（きくこう）を酌（く）む
風流　従容（しょうよう）たり、三秋（さんしゅう）　正（まさ）に好（よ）し、酒を把（と）りて風に臨まん
酔えること幾度（いくたび）ぞ　紅塵（こうじん）重く、夢みること幾回（いくかい）ぞ　家　朦朧（もうろう）たり

［語釈］

◆朝中措…詞牌の名。　◆秋色秀…秋の景色――が飛び抜けて素晴らしい。　◆仰…空を見上

げる。　◆香桂：月の中に生えていると伝えられる桂の木の香り。　◆俯：下を見下ろす。
◆東籬菊紅：東の籬で摘んだ赤い菊の花びらを浮かべた酒。「東籬」は「東籬」（一八頁［語釈］参照）に同じ。東晋の陶淵明の「飲酒二十首并序」其の五の「菊を采る　東籬の下」の句、及び其の七の「秋菊に佳色有り、露に裛い　其の英（花びら）を掇る。此の忘憂の物（酒）に汎かぶれば、我が世を遺るるの情を遠くす」の句を踏まえる。　◆従容：ゆったりして焦らないさま。　◆三秋：秋の三カ月。秋の季節。　◆紅塵：四二頁［語釈］参照。
◆朦朧：霞んではっきり見えないさま。

酔花陰　重陽菊霜
和李清照

酔花陰　重陽の菊霜
李清照に和す

この「酔花陰」詞は二〇一五年十月二十一日に北京で作ったもの。出張先の秋の北京で人も寝静まった真夜中、たまたま納蘭性徳（字は「容若」）の「浣渓沙」詞に遭遇した。その詞は「誰か西風を念いて独り自ら涼やかなる、蕭蕭たる黄葉 疎窓を閉ず。往事を沈思して残陽に立つ。酒を被るに驚く莫かれ 春睡の重きを、書を賭くれば消し得たり 茶を潑して香しきを。当時 只だ道う 是れ尋常なりと」というもの。亡き妻を思う納蘭性徳の心情に感嘆し、ひいては千古無双の才女、李清照の身の上に思いを致した。夫婦で記憶力比べをするさなか、勢い余って茶をこぼしてしまったという微笑ましいエピソードを羨ましく思いつつ、同時に、夫に先立たれ、再婚相手からも虐待を受けたという不幸なその晩年を憐れむと、感慨が千々に湧き、そのままその思い詩に寄せることにしたのであった。

濃霧愁雲鎖明月、溥霜凝清夜
重陽秋意濃、留住菊香、難約君還也
魂銷東籬情更切、惟恐黄花謝
誰同詩賭茶、簾外風吹、

濃霧 愁雲 明月を鎖し、溥霜 清夜に凝る
重陽 秋意 濃く、菊香を留住するも、約し難し 君の還るや
魂は銷え 東籬 情 更に切なり、惟だ恐る 黄花の謝るを
誰か同に 詩もて茶を賭くる、簾外に風 吹き、

金井埋紅葉

金井(きんせい) 紅葉に埋(う)もる

［語釈］

◆酔花陰：詞牌の名。　◆菊霜：菊の花を苛(さいな)む霜。　◆李清照：南宋の女流詞人。十八歳の時、太学(たいがく)の学生であった三歳年上の趙明誠(ちょうめいせい)と結婚。夫婦は揃って書物や骨董を愛し、大量の書物を所蔵していたが、靖康(せいこう)の変による兵乱によってことごとく失う。四十五歳の時に夫に先立たれ、再婚するが夫に虐待された末に離別し、流浪の晩年を送る中で多くの優れた詞が生み出されたという。　◆愁雲：人の気を滅入らせる鈍色(にびいろ)の雲。　◆溥霜：広く蔓延(まんえん)する霜。　◆秋意：秋の趣。秋の風情。　◆留住：しっかり引き留める。　◆難約：約束することはできない、の意。　◆魂銷：魂が体から抜ける。茫然自失となること。　◆東籬：一八頁［語釈］参照。　◆黄花謝：菊の花が散り落ちる。　◆詩賭茶：詩の出来映え、あるいは詩に関する知識を競い合い、どちらがお茶を先に飲むかを賭ける遊び。　◆簾外：簾(すだれ)の外。　◆金井：五三頁［語釈］参照。

抛球楽　北海道火山湖冬遊

抛球楽（ほうきゅうがく）　北海道　火山湖　冬遊

この「抛球楽」詞は二〇一三年十二月二十二日に日本の北海道で作ったもの。クリスマス休暇の期間、友人と連れ立って北海道に雪を見に行った。この時の北海道は、どこもかしこも雪と氷におおわれた一面の銀世界であり、静かな夜には、きらきらと輝く星空がどこまでも広がっていた。雪の上に立ち、遥か彼方の北斗星を望み見ると、手を伸ばせば届きそうに感ぜられた。翌日の早朝、洞爺湖（とうやこ）に遊ぶと、遥か離れた湖心に浮かぶ「中島」は煙霧をまとい蒸気を吹き上げており、まるで地下の火が秘かに硬い氷を溶かしたかのようであった。更に時折一、二羽の鷺（さぎ）が湖をかすめて飛び、その光景は冬の日に些（いささ）かの生気を賦与するかのようであった。

昨夜北斗猶縦目、今晨雪漫百里素
地若有心岩漿暖、情融氷清洞爺湖
有鳥犯寒飛、応是雪雁逐白鷺

昨夜　北斗　猶（な）お目を縦（ほしいまま）にし、今晨（こんしん）　雪　漫（みなぎ）りて　百里　素（そ）なり
地　心有るが若（ごと）く　岩漿（がんしょう）　暖かし、情は融（と）け　氷は清し　洞爺湖
鳥有り　寒（かん）を犯（おか）して飛ぶ、応（まさ）に是（こ）れ　雪雁（せつがん）　白鷺（はくろ）を逐（お）うべし

［語釈］

◆抛球楽：詞牌の名。　◆縦目：視線を遠く――に送る。遠くを眺める。　◆今晨：今朝。

◆素‥白い。　◆岩漿‥溶岩。マグマ。　◆情融‥心が和む。　◆応是‥「きっと……だろう」の意。　◆雪雁‥白い雁。ハクガン。

梅花小年詞

梅花小年詞

この「梅花小年詞」は二〇一六年一月二十八日の夕刻、深圳空港の待合室で作ったもの。当日は深圳から上海に飛ぶことになっていたが、天候不良により飛行機が少々遅れ、空港の休憩室に缶詰状態になっていた。そんな時、ＳＮＳで共有された何枚かの「雪原寒梅」図を眺めていると、心中に何とも言えない感慨が沸き起こった。寒さに耐えて綻ぶ紅梅は、その蕾は柔らかでも堅い志を秘めているようで、たとえ霜や雪におおわれても負けずに香気をたっぷり放っているかのようであった。春を迎えて生気にみなぎる雪原の寒梅の姿に、思わず敬服し、感動し、そこでこの詞を作ってその梅を賛美したのであった。

凌霜婀娜、玲瓏羞還怯、乱誰心閣
冷魅影、妖嬈一簇、濯氷凝玉、
　築夢時刻
懐旧流芳、糸糸繞、未了情索
嘆前世夢遠、幾度春秋、朔風吹過
今朝雪中絶色、如屏開孔雀、
　懾人魂魄

霜を凌いで婀娜たり、玲瓏 羞じらいて還た怯ゆ、誰が心閣を乱す
冷やかなる魅影、妖嬈たる一簇、氷に濯われ玉を凝らし、
　夢を築くの時刻
流芳を懐旧すれば、糸糸 繞り、未だ情索を了ず
嘆ず 前世の夢 遠くして、幾度の春秋ぞ、朔風 吹き過ぐるを
今朝 雪中の絶色、屏の孔雀を開くが如く、
　人の魂魄を懾れしむ

人未来、蕊蕊顧盼、蕾蕾相牽、
　枝柔情弱
花愁重畳、相偎依、銷譴落寞

人未だ来たらざるに、蕊蕊(ずいずい)顧盼(こはん)し、蕾蕾(らいらい)相(あ)い牽(ひ)き、
　枝(えだ)柔かくして情弱(よわ)し
花愁重畳(かしゅうちょうじょう)にして、相(あ)い偎依(わいい)し、落寞(らくばく)を銷譴(しょうけん)す

［語釈］
◆梅花小年詞：本作も中国の伝統的な「詞」のスタイルに借りて作者が独自に作ったものであり、のせて歌う何らかのメロディーがあるわけではない。「小年」は短い寿命を指す。◆凌霜：寒気に耐える。◆婀娜：愛らしいさま。◆玲瓏：四九頁［語釈］参照。◆羞還怯：梅の花が恥ずかしそうに開くが、また怖じ気づいて閉じようとすること。◆心閣：心。魂。◆魅影：魅惑的な姿。◆妖嬈：なまめかしいさま。妖艶なさま。◆一簇：一つの草むら。植物が一箇所に寄り集まっているところ。◆濯氷凝玉：雪や霜におおわれて白く輝くこと。◆時刻：一二頁［語釈］参照。◆懐旧：昔を思い起こす。懐かしむ。◆流芳：風に乗って遠くに運ばれる梅の香り。◆糸糸繞：思いの糸がからまる。◆情索：情念によって探し求めること。◆幾度春秋：どれほどの年月。◆朔風：北風。また、冬の風。◆絶色：ずば抜けた美貌。◆如屏開孔雀：孔雀が描かれた屏風(びょうぶ)が開かれた時のように。杜甫の「李監宅(りかんたく)」詩に、「屏(へい)は開く 金孔雀」とあるのを踏まえる。◆慑人魂魄：人をたまげさせる。◆蕊蕊：多くの梅の花。◆顧盼：一点を見つめて待つ。◆相牽：人の気を引く。◆花愁：梅の花の悲哀。◆重畳：多く積み重なる。◆相偎依：互いに寄り添う。◆銷譴：ここでは「銷遣」に通じ、好ましくない状態を解消すること。◆落寞：ひっそりとして寂しいさま。

朝中措　早梅

朝中措　早梅

この「朝中措」詞は二〇一五年十一月十九日に深圳で作ったもの。次第に冬めいてきた時節、たまたま一枚の氷に閉ざされた紅梅の写真に出くわし、即座に心動かされた。その梅はまさしく寒い冬がはぐくんだ春の風情であった。北宋・王安石の「梅花」詩に「牆角数枝の梅、寒を凌いで独り自ら開く」とあるように、寒さに耐え抜く梅の気高さに人は誰しも敬服してしまうものであり、また毛沢東の「卜算子」〈梅を詠ず〉詞に「俏きも春に争わず、只だ春の来たるを把りて報ず」とあるように、春の魁に咲く梅は春爛漫の時節の訪れを否が応にも期待させ、更に唐の崔道融の「梅花」詩に「香中 別に韻有り、清極寒を知らず」とあるように、梅の花の高潔なる趣に人は敬慕の念を寄せるのである。このように早梅は多くの風流を解する人々の思いと希望とが託される花と言えよう。

嬌蕾羞綻含氷糸、怯怯誰吻湿
数点早梅初試、風譴霜来均脂
冷艶意思、婉約心事、惟君不知
冬来情寄何処、暗香悄上花枝

嬌蕾 羞じらい綻びて氷糸を含み、怯怯 誰か湿うに吻せん
数点の早梅 初めて試みるに、風は霜を譴り来たりて脂を均す
冷艶なる意思、婉約なる心事、惟だ君のみ知らず
冬来 情 何れの処にか寄せん、暗香 悄かに花枝に上る

［語釈］

◆嬌蕾：可愛らしい蕾（つぼみ）。 ◆含氷糸：冷たく白い蕊（しべ）を含み持つ。 ◆怯怯：怖じ気づくさま。 ◆初試：試しに咲き始めたばかり。

◆均脂：脂（あぶら）のように白い霜が一面に付く。

◆冷艶：ぞっとするほど美しい。クールビューティー。 ◆意思：心情。 ◆婉約：たおやかなさま。 ◆心事：心の中に秘めた思い。

◆暗香：三九頁［語釈］参照。

行香子　梅花消息
和秦観

行香子（こうこうし）　梅花の消息
秦観（しんかん）に和す

この「行香子」詞は二〇一六年二月二十八日に上海で早朝のジョギングの後に作ったもの。春の清らかな朝に、魔都と呼ばれる上海の東郊賓館でジョギングしていると、小川や池に沿って梅の花がちらほらと咲き、あたりには梅の清らかな香りが漂っていた。更に早咲きの桜はあでやかに綻（ほころ）び、林の竹はすらりと伸び、せせらぎは快い音をたてて流れ、時に魚が嬉しそうに跳ねていた。まさしく春爛漫の趣で、我が詩心も大いに迸（ほとばし）ったのであった。

魅影婆娑、夢露竹遮
驀然間、暗香靡奢
梅花消息、風流幾何
比雪花白、桃花紅、桜娥娜
静静小河、暖暖清波
美鳳来、瀾動歓歌
天籟清澈、人酔神奪

魅影（みえい） 婆娑（ばさ）として、夢 露（あら）わるも 竹 遮（さえぎ）る
驀然（ばくぜん）の間（かん）、暗香（あんこう） 靡奢（びしゃ）たり
梅花の消息、風流 幾何（いくばく）ぞ
雪花（せっか）に比して白く、桃花よりも紅（あか）く、桜よりも娥娜（がだ）たり
静静たる小河（しょうが）、暖暖たる清波
美鳳（びほう） 来たり、瀾（なみ） 動きて 歓歌（かんか）す
天籟（てんらい） 清澈（せいてつ）にして、人 酔い 神（しん） 奪わる

更鷺児迷、魚児躍、詩児得　　更に鷺児迷い、魚児躍り、詩児得たり

〔語釈〕

◆行香子…詞牌の名。　◆梅花消息…梅の花が咲いたという便り。　◆秦観…北宋の詩人。特に詞に名作が多い。　◆魅影…七〇頁［語釈］参照。　◆婆娑…植物が繁茂するさま。　◆驀然間…ほんのわずかな間。いきなり。　◆暗香…三九頁［語釈］参照。　◆醾奢…ふんだんに満ち溢れる。　◆雪花…風に舞う雪。

◆婀娜…艶やかなさま。　◆美凰…美しい鳳凰。　◆歓歌…嬉しそうに歌う。　◆天籟…二三頁［語釈］参照。　◆清澈…透き通るように清らかなさま。　◆神奪…心が奪われる。　◆鷺児…サギ。「児」は可愛らしいもの・ささやかなものに付ける助字であり、特に意味はない。

梅花引　元宵小桃紅

梅花引（ばいかいん）　元宵の小桃紅（げんしょうしょうとうこう）

この「梅花引」詞は二〇一六年二月二十二日の夜に深圳で作ったもの。この元宵節（旧暦の一月十五日）の夜は、中国ではなぞなぞの遊びしたり、恋人同士がデートをして生涯を誓い合う時である。この南国深圳では寒い冬はすでに過ぎ去って花々が綻（ほころ）び、春風が吹き寄せて春の息吹に満ちる。赤く咲く梅や桃の花を春風がそっとかすめ、花びらは夜露に潤（うるお）い、柳の梢に月が昇り、昼のように煌々（こうこう）と灯籠の明かりが照らす中、手を繋（つな）いで歩くカップルの気持ちはいよいよ深まるのである。元宵節の濃密なる雰囲気に触発され、喜びと憧（あこが）れに満ち溢れる思いでこの詞を作ったのであった。

春来酔入水晶宮、是露紅、
　是桃紅
花正紅時、氷雪難舎融、
　厳冬尽去蕾悄動、蔵心事、
　意初萌、透玲瓏
一枝春報元宵到、又見卿、情癒濃
幾点魅影、早傾倒、芸芸衆生

春 来たりて 酔いて水晶宮（すいしょうきゅう）に入（い）る、是（こ）れ露の紅（あか）きや、
　是れ桃の紅きや
花 正（まさ）に紅き時、氷雪 舎（す）て難きも融け、
　厳冬 尽（ことごと）く去り 蕾（つぼみ） 悄（ひそ）かに動き、心事を蔵（かく）すも、
　意 初めて萌え、透（とお）りて玲瓏（れいろう）たり
一枝（いっし）の春は元宵の到るを報じ、又（ま）た卿（きみ）に見（あ）いて、情 癒（いよ）いよ濃（こ）し
幾点（いくてん）の魅影（みえい）ぞ、早（つと）に傾倒し、芸芸（うんうん）として衆生（しゅうせい）せる

捉対猜迷、約会掛灯籠
更留濃墨書詞賦、吟一段、
惜春詞、小桃紅

捉対して猜迷し、約会して灯籠を掛く
更に濃墨を留めて詞賦を書し、吟ぜん一段の、
惜春の詞、小桃紅を

［語釈］

◆梅花引：詞牌の名。◆小桃紅：桃の一種。和名はオヒョウモモ。また、歌のメロディーの名。◆水晶宮：水晶で飾った宮殿。幻想的な世界の喩え。◆難舎：思いを断ち切ることができない。後ろ髪引かれること。◆心事：七二頁［語釈］参照。◆透玲瓏：透き通ること。◆一枝春：梅の枝を指す。六朝時代の宋の陸凱の詩に「聊か贈る一枝の春」とあるのに基づく。◆魅影：七〇頁［語釈］参照。◆芸芸：数多いさま。◆衆生：たくさん生まれる。◆捉対猜迷：恋人同士手をつないで、なぞなぞの答えを考えること。◆約会：男女が約束して落ち合う。デートをする。

風入松　梅月恋

風入松　梅月の恋

この「風入松」詞は二〇一六年三月二十六日の夜に深圳で作ったもの。夜も深まった時分、久しぶりに台湾の歌手費翔の歌う「読你」（あなたを読む）を聞きながら、一枚の「皓月梅枝飛鳥」図に見入っていた。月が出たので塒の鳥が驚いて飛び立ったのか、それとも飛び疲れた鳥が連れ立って塒に帰ろうとしているのかは判断しかねる。ただ、見え隠れする梅の花、切り取ってきたかの如くくっきり浮かび上がる梅の枝、水のように澄んだ月という情景から、夫の有する不死の薬を盗んで月へと飛んで逃げた女神嫦娥に思いが及んだ。嫦娥はすでに地上を離れて数千年、その悲しみは月の寒々しさに象徴されており、その寒々しい月は今宵、そっと梅の梢に昇って梅の香りに口づけしようとしているのだと。

月掛梅上夜来香、紅蕊潤流光
横梅如釵鑲白璧、鏤夢屏、難遮離傷
還有枝頭驚鵲、不解花月情長
寂寞嫦娥舞霓裳、杜鵑啼愁長
欲采梅花織歌扇、唱一曲、風入松涼
今夜相思正好、不忍喚醒情郎

月は梅の上に掛かりて　夜来　香ばしく、紅蕊　流光に潤う
横梅　釵の如く白璧に鑲り、夢屏を鏤るも、離傷を遮り難し
還た枝頭の驚鵲有り、花月の情　長きを解せず
寂寞たる嫦娥　霓裳を舞い、杜鵑の啼愁　長し
梅花を采りて歌扇を織り、一曲の、風入松の涼やかなるを唱わんと欲す
今夜の相思　正に好し、情郎を喚び醒ますに忍びず

［語釈］

◆風入松：詞牌の名。　◆夜来：夜になって以降。　◆紅蕊：赤い花。　◆流光：天から差し込む光。ここでは月光を指す。　◆横梅：横ざまに伸びた梅の枝。　◆鑲：はまり込む。　◆鏤夢屏：枕元に立てる屏風に彫刻を施す。　◆離傷：別れの悲しみ。　◆還有：「更に……がある」の意。　◆驚鵲：驚いて飛び立つカササギ。　◆情長：愛情が途切れないこと。　◆嫦娥：五五頁［語釈］参照。

◆舞霓裳：「霓裳羽衣（げいしょううい）」という曲に合わせて舞を舞う。「霓裳羽衣曲」は唐の楊貴妃が舞うのを得意としていた。　◆杜鵑：三七頁［語釈］参照。　◆啼愁：悲しげな鳴き声。

◆不忍：「……するには忍びない」の意。

◆喚醒：声をかけて寝ている者を起こす。

◆情郎：愛する男性。

売花声　桜月無瑕

売花声（ばいかせい）　桜月（おうげつ）　瑕（きず）無し

この「売花声」詞は二〇一六年三月十三日の夜に深圳で作ったもの。その夜のんびり読書をしていると、たまたま一枚の「皓月映照粉桜（ふんおう）」図に出くわした。清らかな月と艶（あで）やかな桜の花が相寄り添い、まるで仲睦まじい恋人同士のように感じられた。その両者の麗しい姿は私を夢幻の世界へといざない、しばし酔いしれ、月の下には桜が咲いていて欲しい、夜桜には月がつきものだとさえ願うような心地となったのである。

美桜透窓紗、月影移花、
　一簇芳馨吻臉頬
相思暫把桜樹掛、情話伝她
画船渡夢涯、今夜還家
枕辺香箋待君拿
山盟海誓織成帕、桜月無瑕

美桜（びおう）　窓紗（そうしゃ）に透（とお）り、月影（げつえい）　花に移り、
　一簇（いっそう）の芳馨（ほうけい）　臉頬（れんきょう）に吻（くちづけ）す
相思　暫く桜樹（おうじゅ）を把（と）りて掛け、情話　她（かれ）に伝（つた）う
画船（がせん）　夢の涯（はて）に渡り、今夜　家に還（かえ）る
枕辺（ちんぺん）の香箋（こうせん）　君（きみ）の拿（と）るを待つ
山盟海誓（さんめいかいせい）　織りて帕（はく）と成（な）り、桜月　瑕（きず）無し

［語釈］
◆売花声‥詞牌の名。　◆窓紗‥薄絹で作った窓のカーテン。　◆月影‥月の光。　◆一

箋：七〇頁［語釈］参照。　◆芳馨：花の香り。　◆臉頬：顔の頬（ほほ）。　◆情話：愛をささやく言葉。　◆她：彼女。　◆画船：三七頁［語釈］参照。　◆香箋：詩などを書き付ける用紙。　◆山盟海誓：山や海が永遠に姿を変えないように、男女が永遠の愛を誓うこと。
◆帕：ハンカチ。

青玉案　桜花詠

青玉案　桜花の詠

この「青玉案」詞は二〇一六年三月二十八日の朝のジョギングの後に深圳で作ったもの。晴れた日の早朝、めっきり春めき、鳥がさえずり花が香る中を走っていると、満開の桜の花と朝焼けとが美を競い合っていて、その上、花の香りに酔い鳥の声に聞き惚れて、詩情が沸々と湧いてきた。また楽しからずや、春は詩の季節なのである。

桜枝珠蕾催晨醒、与朝彩、競春景
掠過霓霞蘭舟近
佳人顧盼、花梢欠処、隠約双鷺影
花岸弥香酔心境、
　更聴花語助詩興
悄対嬌蕊吟小令
驚聞対詠、芳華律動、心事花神領

桜枝の珠蕾 晨に催されて醒め、朝彩と、春景を競う
霓霞を掠め過ぎりて 蘭舟 近し
佳人は顧盼す、花梢 欠くる処、隠約たり 双鷺の影
花岸 弥いよ香ばしく 心境を酔わしめ、
　更に花語を聴きて詩興を助く
悄かに嬌蕊に対して小令を吟ず
対詠を驚き聞きて、芳華 律動し、心事 花神 領す

［語釈］
◆青玉案…詞牌の名。◆珠蕾…真珠のような白い蕾。◆朝彩…朝日。◆霓霞…虹色

の霞。◆蘭舟：木蘭で作った舟。また、小舟の美称。◆顧盼：遠くを眺めやる。◆花梢：花の枝。◆隠約：おぼろげなさま。また、見え隠れするさま。◆双鷺影：つがいのサギの姿。◆花岸：花の咲く岸辺。◆心境：心。心情。◆花語：二一七頁［語釈］参照。◆嬌蕊：愛らしい花。◆小令：短編の詞。◆対詠：ここでは、桜に向かって歌った歌を指す。◆芳華：かぐわしい花。◆律動：旋律に合わせて動く。◆心事：七二頁［語釈］参照。◆花神領：花を咲かせる神のみが理解する、の意。

唐多令　桜之渓

唐多令（とうたれい）　桜の渓（けい）

この「唐多令」詞は二〇一六年四月二日の午後に深圳で作ったもの。この春の日、たまたま一枚の「碧潭粉桜綻放（へきたんふんおうたんほう）」図に出くわした。青い水面にさざ波が立ち、その渓流沿いに白い桜が咲いていたが、その桜の花はまるで「今宵はいつの夕べ？」と密かに独りごちているように感じられた。桜の花の盛りはほんのわずかな期間であり、人は誰しもその儚（はかな）さを嘆き、ひいては過ぎ去りし歳月を思い起こし、現在の幸せを精一杯享受しようと思うものなのである。

妍桜近心渓、柔瀾已情靡
問花梢、能否再低
風流従来花前酔、聴嬌語、波湧堤
逝水長太息、聚短倏然離
再見伊、何日何夕
千古輪回為一遇、行万里、不足惜

妍桜（けんおう） 心渓（しんけい）に近く、柔瀾（じゅうらん） 已（すで）に 情 靡（なび）く
花梢（かしょう）に問う、再び低（た）るるを能（よ）くするや否（いな）やと
風流 従来 花前に酔う、嬌語を聴けば、波 堤（つつみ）に湧（わ）く
逝水（せいすい）に長太息（ちょうたいそく）す、聚（つど）うは短く 倏然（しゅくぜん）として離（はな）る
再び伊（かれ）に見（あ）うは、何（いず）れの日ぞ 何れの夕べぞ
千古 輪回（りんね）して一遇を為（な）す、行くこと万里（ばんり）なるも、惜しむに足らず

［語釈］

◆妍桜：艶（あで）やかな桜の花。　◆近心渓：感情が流れる人の心の近くで咲くこと。　◆柔瀾：柔らかな波。　◆花梢：八二頁［語釈］参照。　◆能否再低：川の流れの上に枝をもう少し低く差し伸ばすことができるかどうか。

◆聴嬌語：なまめかしい言葉を聞く。　◆逝水：行く川の流れ。一度去ったら二度と戻って来ない川の水。　◆長太息：長く大いに溜息をつく。　◆倏然：速やかなさま。　◆輪回：「輪廻」に同じ。

唐多令　桜夕
和辛棄疾「青玉案」〈元夕〉

唐多令　桜の夕べ
辛棄疾の「青玉案」〈元夕〉に和す

この「唐多令」詞は二〇一六年四月三日の夜に日本の京都で作ったもの。桜の季節に京都に旅し、夕食は独り京都の中心街から遠く離れた小さな料亭で取った。料亭の外には一筋の小川がめぐり、岸辺には数本の満開の桜の木があり、枝先には赤い提灯が掛けられ、空には清らかな月がかかり、更にはさんざめく街中から琵琶や笛の音が微かに聞こえてきた。水辺の建物・琵琶・月・桜・灯火というこの状況から突如、南宋・辛棄疾の「青玉案」〈元夕〉詞を思い起こした。どこからか湧いてきたこの情はどうにも抑えがたく、そこで辛棄疾詞に唱和してこの「唐多令」詞を作り、古今の一体化を図ろうとしたのである。

千百度尋她、可人児在哪、渓光間、
　妍酔酒家
古城笙歌唱不尽、星綴樹、燃芳華
香閣品抹茶、水榭聴琵琶、玲瓏中、
　如会子牙
扶桑国裏聞古韻、月色裏、賞桜花

千百度　她を尋ぬ、可るに人児は哪くにか在る、渓光の間、
　酒家に妍酔せり
古城の笙歌　唱い尽きず、星は樹に綴り、芳華を燃やす
香閣に抹茶を品し、水榭に琵琶を聴く、玲瓏の中、
　子牙を会するが如し
扶桑国裏　古韻を聞く、月色の裏、桜花を賞す

［語釈］

◆辛棄疾：南宋の詞人。特に愛国詞人として名高い。　◆「青玉案」〈元夕〉：原詞は以下のもの。「東風 夜 放ちて 花 千樹、更に吹き落とす、星の雨の如きを。宝馬 雕車 香 路に満つ。鳳簫の声 動き、玉壺の光 転じ、一夜 魚龍 舞う。蛾児 雪柳 黄金の縷、笑語 盈盈として 暗香 去る。衆裏に他を尋ぬること千百度、驀然として首を回らせば、那の人は却って在り、灯火 闌珊たる処に」。　◆千百度：何度も何度も。　◆她：彼女。　◆人児：人。「児」は可愛らしいもの・ささやかなものに付ける助字であり、特に意味はない。　◆渓光：渓流の水の色。　◆妍酔：色っぽく酔う。　◆酒家：飲み屋。　◆古城：古都。京都の街中を指す。　◆笙歌：笛の音や歌声。宴会の騒がしい音。　◆星綴樹：枝先に点々と掛けられた提灯の喩え。　◆燃芳華：提灯の火でかぐわしい桜の花を照らすこと。　◆香閣：寺院。　◆品抹茶：抹茶を味わう。　◆水榭：水辺に建てられた亭。　◆玲瓏：四九頁［語釈］参照。　◆会子牙：鍾子期と伯牙とを同席させる。ともに春秋時代の楚の国の人で、伯牙は琴の名手。鍾子期はその最良の聞き手。鍾子期の死後、伯牙は世の中に我が音を知る者（知音）がいなくなってしまったと嘆き、二度と琴を弾かなかったという。　◆扶桑国裏：日本の国内。　◆古韻：古代のメロディー。　◆月色：月の光。

春従天上来　桜妃酔帰

春従天上来（しゅんじゅうてんじょうらい）　桜妃（おうひ）酔いて帰る

この「春従天上来」詞は二〇一六年四月九日に上海で作ったもの。その日の午後、ＳＮＳをあれこれ通覧していたら、どれも桜の美を称賛する写真ばかりであった。満開の桜の下にゆるゆると川が流れ、散る花びらが流れに落ち川面は茜色に染まる。その光景はまるで、ほろ酔いの舞姫が長い袖をふるって舞っているかのようであった。桜は自ずと散り川は自ずと流れるが、ただ風流を解する人だけが薄命の桜を弔ってやまないのである。そこでこの詞を作って桜の儚（はかな）さを詠じたのであった。

酔了花妃、欲傾倚斜暉、粉黛繽飛
妍舞綢袖、笙簫香吹、斑斕炫幻娥眉
嘆桜嬌一瞬、最傷至美化霞輝
憶花期、似銀星綴樹、霞雲靡霏
紅顔不知去処、莫問幾時帰、
　有夢卿随
魅影徜徉、渓声猶唱、悄泣落蕊難追
賦詩纏別緒、蛮箋未醮涙墨垂

酔える花妃（かひ）、斜暉（しゃき）に傾倚（けいい）せんと欲（ほっ）して、粉黛（ふんたい） 繽飛（ひんぴ）す
綢袖（ちゅうしゅう）を妍舞（けんぶ）し、笙簫（しょうしょう） 香（こう） 吹き、斑斕炫幻（はんらんげんげん）たる娥眉（がび）
嘆（なげ）く桜の嬌（きょう）なるは一瞬なるを、最も傷（いた）む 至美の霞輝（かき）に化するを
花期を憶（おも）えば、銀星の樹（き）に綴（つづ）り、霞雲（かうん）の靡霏（びひ）たるに似たり
紅顔（こうがん） 去る処（ところ）を知らず、問う莫（な）かれ 幾時（いくとき）にか帰るを、
　夢卿（むけい）の随（したが）う有り
魅影（みえい） 徜徉（しょうよう）し、渓声（けいせい） 猶（な）お唱（うた）う、悄（ひそ）かに泣く 落蕊（らくずい）の追い難きに
詩を賦するに別緒（べっしょ） 纏（まと）わり、蛮箋（ばんせん） 未だ醮（そそ）がざるに 涙墨（るいぼく） 垂（た）る

筆憔悴、写黛玉花祭、花鋤軽揮

筆憔悴(しょうすい)し、黛玉(たいぎょく)の花祭(かさい)、花鋤(かじょ)軽(かろ)く揮(ふる)う写(うつ)さん

［語釈］

◆春従天上来：詞牌の名。　◆花妃：花の女神。　◆傾倚斜暉：夕日の光に寄り添う。

◆粉黛：おしろいとまゆずみと。女性の化粧を指す。　◆繽飛：入り乱れて飛ぶ。　◆妍舞：艶(あで)やかに舞わせる。　◆綢袖：絹の袖。

◆笙簫：横笛と縦笛と。　◆香吹：香りを伴って風が吹く。　◆斑爛：様々な色彩が入り乱れるさま。絢爛たるさま。　◆炫幻：幻を見るかの如(ごと)くまばゆいこと。　◆娥眉：長く描いた女性の眉。転じて、美女を指す。　◆至美：この上なく美しいこと。　◆霞輝：夕焼けの輝き。　◆憶花期：花の盛りの時期を追憶する。　◆霞雲：赤い雲。群がり咲く桜の花の喩え。　◆靡霏：たなびくさま。　◆紅顔：若々しい容貌。　◆有夢卿随：夢の中で愛しい人が連れ添ってくれる、の意。　◆魅影：七〇頁［語釈］参照。　◆徜徉：五五頁［語釈］参照。　◆渓声：渓流の水の音。

◆落蕊：散り落ちる花。　◆繾別緒：別れを悲しむ思いの糸が絡み付く。　◆蛮箋：高級な作詩用紙。　◆黛玉花祭：小説『紅楼夢』のヒロイン林黛玉(りんたいぎょく)が花を葬ったことを指す。『紅楼夢』第二十三回で林黛玉は、地面に散り落ちた桃の花を鋤(すき)（花鋤）でかき集め、その上に土をかぶせて言った。「これらの花びらはいずれ土に帰るのだから、ならばずっと綺麗なままでいられるでしょ」と。更に第二十七回では林黛玉は「葬花吟」という歌を歌っている。

行香子　茉莉

行香子　茉莉

この「行香子」詞は二〇一五年七月初めの深圳で、俗塵に染まらず高潔な趣を醸し出すジャスミン（茉莉）に感動して作ったもの。早朝に目を覚ました後、たまたま何枚かのジャスミンの写真に遭遇した。白い花は輝きを放ち、葉は透き通る緑色で、それらを眺めながらしばし恍惚となっていると、ジャスミンの香りが漂って来るかのようにも思えた。花の色は月のように白く透き通り、その周りを酔いしれるように蝶や蜂が舞う。所謂「風骨」とか「気節」というものなくして、どうしてかくも気高く、かくも雅やかでいられよう。俗世でいくら名利を追いかけていても所詮は虚しいもの。この広い空の下、雨音を聞き霞を飲むといったような、大自然に同化した仙人のような生き方もまた楽しからずや、という心境になったのである。

玲瓏碧潔、茉莉艶絶
雨霽時、煙朦露貼
驕了緑葉、萠了花蝶
美形如星、気如泉、色如月
栄辱難欠、風骨有節

玲瓏として碧潔、茉莉 艶絶たり
雨 霽るるの時、煙 朦として 露 貼る
驕れる緑葉、萠えし花蝶
形は星の如く、気は泉の如く、色は月の如きを美す
栄辱 欠き難きも、風骨に節有り

遠功名、難与君別
天地寛也、夢与林畳
楽飲流霞、伴白鹿、聴雨咽

功名を遠ざくも、君と別れ難し
天地寛きや、夢に林と畳なる
流霞を飲み、白鹿を伴い、雨の咽ぶを聴くを楽しまん

［語釈］

◆茉莉：ジャスミン。モクセイ科の植物。花はほとんど白色で強い芳香を発する。　◆玲瓏：四九頁［語釈］参照。　◆碧潔：曇りのない緑色。　◆艶絶：ずば抜けて艶やか。　◆煙朦露貼：ここでは、靄や露が花をおおうこと。　◆栄辱難欠：人の人生には栄誉や屈辱がどちらも付きものであること。　◆夢与林畳：「茉莉」という清新な花は桃源郷のような夢幻の世界で咲くべきである、の意。　◆流霞：空に浮かぶ霞。仙人の食べ物とされる。

太常引　聴蓮人

太常引　蓮を聴く人

この「太常引」詞は二〇一五年六月末に上海で作ったもの。この年の夏以降に作った蓮の詞の七首目に当たる。北宋・周敦頤の「愛蓮の説」に「蓮を之れ愛する、予に同じき者は何人ぞ」とあるように、私がどれほど蓮や睡蓮に対して愛着を感じているかがこれによって見て取れよう。夏の日の黄昏時、上海の東郊賓館でジョギングしていると、沈みかかる夕日は空の雲や地上の樹木を金色に照らし、水面に光がたゆたい、多くの蓮の葉が池の中に寄り添っていた。あたりには草が伸び、それに伴って胸臆にも思いがとめどなく湧き、蓮の香りが漂う夢幻の境地になかば酔いしれたのであった。

睡蓮落寞倚湖煙、幽思軽撥瀾弦
暮霞携雁去、只留下、月葉孤懸
流風瑟瑟、香吟花唱、水暖情漪漣
盼着聴蓮人、撐蘭舟、再泊荷間

睡蓮　落寞として湖煙に倚り、幽思　軽く瀾弦を撥く
暮霞　雁を携えて去り、只だ留め下す、月葉の孤つ懸かるを
流風　瑟瑟たり、香　吟じ　花　唱い、水　暖かくして　情　漪漣す
蓮を聴く人を盼めつつ、蘭舟を撐し、再び荷間に泊せん

［語釈］

◆太常引…詞牌の名。　◆聴蓮人…蓮の奏でる音色に耳を傾ける人。　◆落寞…七〇頁［語

釈」参照。　◆倚湖煙：湖にたつ靄に身を寄せる。　◆幽思：ひそやかな思い。常人離れした発想。　◆軽撥瀾弦：そっと波の弦をつまびく。さざ波の音を蓮が奏でる音楽としてなぞらえた措辞。　◆暮霞：六一頁［語釈］

参照。　◆月葉：一片の葉っぱのような月。◆瑟瑟：ここでは、風音の形容。　◆漪漣：波立つさま。　◆撑蘭舟：長い竿を水底について、小舟を進める。

鷓鴣天　蓮花

鷓鴣天（しゃこてん）　蓮花（れんか）

この「鷓鴣天」詞は二〇一三年の夏の初めに深圳で作ったもの。南国深圳では初夏の時節、あちこちの池や川で、白蓮の花が水の中央に静かに立っているのを目にすることができる。蓮はこれまでずっと私が最も愛してきたものである。北宋・周敦頤（しゅうとんい）の「愛蓮の説」に「予（よ）独り蓮の淤泥（おでい）より出（い）でて染まらず、清漣（せいれん）に濯（あら）われて妖ならず、中（うち）は通じ 外は直（なお）くして、蔓（まん）せず 枝（し）せず、香 遠くして益（ます）ます清く、亭亭として浄植（じょうしょく）せるを愛す、……蓮を之（こ）れ愛する、予に同じき者は何人（なんぴと）ぞ」とあるが、私も頗（すこぶ）る同感であり、この詞を作った次第である。

自攬青萍渓中遊、香淡跡遠濯清流
従来不知娥媚艶、情貞意潔不争秋
蕊軽黄、枝浅碧、夕陽斜映最難久
遡迴遡遊尋不見、
　唯有伊人暗香留

自（みずか）ら青萍（せいへい）を攬（たぐ）りて渓中（けいちゅう）に遊ぶ、香（こう） 淡く 跡（あと） 遠くして 清流に濯（あら）わる
従来 知らず 娥媚（がび）の艶（えん）を、情 貞（ただ）しく 意 潔（きよ）くして 秋に争わず
蕊（ずい）は軽黄（けいこう）、枝は浅碧（せんぺき）、夕陽（せきよう） 斜めに映ずれば 最も久しうし難し
遡迴（そかい） 遡遊（そゆう）して尋（たず）ぬるも見えず、
　唯（た）だ伊（か）の人の暗香（あんこう）の留（とど）まる有るのみ

［語釈］
◆青萍…緑の浮き草。　◆渓中遊…渓流の中、――舟を進めること。　◆跡遠…姿が遥かに遠くに

見えること。　◆娥媚艶：派手な美女の艶っぽさ。　◆蕊：花の中心にある雄蕊や雌蕊。
◆軽黄：淡い黄色。　◆浅碧：薄い緑色。

◆遡迴：流れに逆らって進む。　◆遡遊：流れに乗って進む。　◆暗香：三九頁［語釈］参照。

臨江仙　睡蓮

臨江仙（りんこうせん）　睡蓮

この「臨江仙」詞は二〇一六年の初夏に深圳で作ったもの。南国深圳では早朝に爽やかな風がわずかに吹くが、同時に夏の季節特有の気だるさをもたらす。そんな中、我が家の庭を散歩していると、池の蓮の花が朝の光の中で開くか開かないか、目覚めるかまだ夢の中かという状態であった。それはあたかも愛する人が昨夜の夢にまだ酔っていても、今朝はまた新たなる麗しい姿で出て来ることを期待するかのようでもある。世間でいうところの夢幻の境地というものは、実はこの睡蓮の姿にすぎないのかもしれない。

睡蓮疎慵醒、夜芳如糸、夢覚仍繞
青萍上、露如璣珠軽敲
心飄
水長帆遠、孤雁飛、箋小路迢
曾記否、蕊繡鴛鴦枕、香酔良宵
魂銷
波擁瀾動、月色水中焼
更起玲瓏帳、蔵住軟語嬌

睡蓮 疎慵（そよう）にして醒（さ）む、夜芳（やほう） 糸の如（ごと）く、夢 覚（さ）むるも仍（な）お繞（めぐ）る
青萍（せいへい）の上、露 璣珠（きしゅ）の如く軽（かろ）く敲（たた）く
心は飄（ひるがえ）る
水 長く 帆（ふね） 遠し、孤雁（こがん） 飛ぶも、箋（せん） 小さく 路（みち） 迢（はる）かなり
曾（かつ）て記（き）するや否（いな）や、蕊（ずい）は鴛鴦（えんおう）の枕に繡（ぬいとり）し、香（こう）は良宵（りょうしょう）に酔えるを
魂（たま）は銷（き）ゆ
波 擁（むらが）り 瀾（なみ） 動き、月色（げっしょく） 水中に焼く
更に玲瓏（れいろう）の帳（とばり）より起（た）ち、軟語の嬌（きょう）なるを蔵住す

神揺

夜濃情艶、繁星羨、願墜瓊瑤
早鶯喚、見今晨佳人、格外風騒

神は揺る

夜に濃情艶なり、繁星羨み、瓊瑤に墜ちんことを願う
早鶯喚び、今晨の佳人を見れば、格外に風騒たり

［語釈］

◆臨江仙：詞牌の名。　◆疎慵：五二頁［語釈］参照。　◆夜芳：夜に漂う花の香り。　◆繞：一五頁［語釈］参照。　◆璣珠：真珠の宝玉。　◆青萍：九三頁［語釈］参照。　◆水長帆遠：船の航程が長く遠いこと。　◆孤雁：群からはぐれた雁。　◆箋小路迢：雁が運ぶという手紙はささやかなもので、飛ぶ距離も遥か遠いこと。　◆記否：憶えているか否か。　◆鴛鴦枕：つがいのオシドリの絵柄が刺繍された枕。　◆良宵：爽やかな夜。　◆魂銷：六六頁［語釈］参照。　◆月色水中焼：水面に月が映り、まるで水の中で灯火を焚いているかのように見えること。　◆玲瓏帳：寝台に掛けられたきらきらと輝く帳。月の光が池をおおうこと。　◆蔵住：内に秘めて隠し、外には出さない。　◆軟語嬌：甘ったるく愛らしい言葉。　◆神揺：精神が動揺する。　◆繁星：多くの星。　◆瓊瑤：美しい宝石。ここでは、睡蓮の花の喩え。　◆早鶯喚：早朝に鶯が鳴いて、人の目を醒ます。　◆今晨：六七頁［語釈］参照。　◆格外：格別に。　◆風騒：風流なこと。また、風情のあること。

点絳唇　蓮愁　　点絳唇　蓮の愁い

この「点絳唇」詞は二〇一五年六月末に上海で作ったもの。これはこの年の初夏に作った七首の蓮の詞の一つであり、やはり上海の東郊賓館の睡蓮を詠じたものである。早朝に薄靄の中、睡蓮の花が咲く湖畔をジョギングしていると、淡い香りを放って美しく咲く睡蓮の花が望み見られた。朝日に照らされたその光景はあたかも夢や幻のようであり、かように麗しい場を離れるには忍びなかった。更に夏が去り秋へと移る時期に思いを致すと、蓮のこの美しさはもはや期待できず、蓮の甘い夢は覚め、秋風とともに悲しみが湧き起こるであろうことが想像されたのであった。

依稀睡蓮、乍隠還現嬌悄秀
風来夢皺、暁覚愁時候
数点帰期、数落雨児透
瀾依旧、水逝船走、秋還蓮已痩

依稀たる睡蓮、乍ち隠れ還た現れ　嬌　悄かに秀ず
風　来たりて　夢　皺だち、暁に愁いを覚ゆる時候
帰期を数点するも、落ちし雨児の透るを数えたり
瀾は旧に依り、水　逝き　船　走り、秋　還れば　蓮　已に痩せたり

［語釈］

◆依稀：おぼろげなさま。ぼんやりするさま。　◆嬌悄秀：ここでは、睡蓮の愛らしい

花がこっそり咲くこと。　◆時候：「とき」の意。　◆数点帰期：来年の夏に再び蓮の花の時節が巡って来ることを指折り数えて待つ、の意。　◆数落雨児透：蓮の葉の上に落ちて葉を損なう雨粒の数をうっかり数えてしまう、の意。　◆依旧：以前のままであること。

水調歌頭　秋蓮心事

水調歌頭　秋蓮の心事

この「水調歌頭」詞は二〇一五年の八月中旬に上海で作ったもの。夏が過ぎ初秋を迎えるその日の早朝、蓮池のほとりをジョギングしていると、かつて美しく咲いていた蓮や睡蓮の花が、今では花びらが散り葉も枯れ、無残な光景が池一面に広がっていた。蓮の花との逢い引きもこの一夏の出来事でしかなかったのだと痛感し、ただただ恨みが募るばかりであった。蓮がいかに美しくとも秋の寒気には抗いきれない。心に湧く悲しみとともに、この詞を作ってその心情を吐露したのであった。

粉堕睡蓮痩、荷残涼渓流
秋風吹尽夏夢、冷露凝水愁
無縁前世未遇、有情今生不舎、
　凭卿去還留
秀魅逢君子、氷清対濁仇
暗香遠、紅顔短、君帰否
相約一世相守、空等霜来秋
雨灑一池遺恨、煙鎖一庿哀怨、

粉　堕ち　睡蓮　痩せ、荷　残して　渓流　涼やかなり
秋風　夏夢を吹き尽くし、冷露　水に凝りて愁う
前世に縁無くして　未だ遇わず、今生に情有りて　舎てず、
　卿の去るや還た留まるやに凭す
秀魅　君子に逢い、氷清　濁仇に対す
暗香　遠く、紅顔　短かし、君　帰るや否や
一世に相い約して相い守るも、空しく等つ　霜の来たれる秋を
雨は一池に灑ぎて恨みを遺し、煙は一庿を鎖して哀怨す、

来生復何求
無奈風繾綣、葉落誰人収

来生 復(ま)た何をか求めん
奈(いかん)ともする無し 風の繾綣(けんけん)たるを、葉 落(お)つるも誰人(たれびと)か収めん

［語釈］

◆心事：七二頁［語釈］参照。　◆粉堕：女性の化粧が落ちること。ここでは、睡蓮の花が色褪せること。◆残：一三頁［語釈］参照。◆不舍：思いを断ち切ることができない。後ろ髪引かれること。◆秀魅：飛び抜けて魅惑的であること。◆君子：蓮を指す。周敦頤(しゅうとんい)の「愛蓮の説」に、「蓮は華(はな)の君子なる者なり」とあることによる。◆氷清：節操が氷のように清らかなこと。蓮の高潔さを指す。◆濁仇：心の濁った仇敵。蓮以外の華美な花を指す。◆暗香：三九頁［語釈］参照。◆紅顔：八八頁［語釈］参照。◆相約一世相守：現世で落ち合う約束をしてその関係を保つ。◆煙：二九頁［語釈］参照。◆一廂：一つの女性の寝室。◆繾綣：五三頁［語釈］参照。

桂香

桂香

この七言絶句は二〇一五年十月中旬に上海で作ったもの。秋の色合いが次第に濃くなる早朝、上海東郊の公園でジョギングをした。大きな池の他に小さな池もいくつか点在するその公園では、秋風がそよ吹くと「桂香」（桂の木の香り）が漂う。その空気中に漂う桂香の香りは、どこまでも広がり、長く我が身から離れることなく、自分が身を置くのは天上世界なのか、はたまた地上の楽園なのか判らなくなるほどであった。

卿将情愫嫁秋風
従此天香靡蒼穹
雲外桂子三秋落
纔知月宮鎖情濃

卿は情愫を将て秋風に嫁し
此従り天香　蒼穹より靡る
雲外の桂子　三秋に落つ
纔かに知る　月宮　情の濃きを鎖すを

［語釈］

◆卿：ここでは、夫から不死の薬を盗んで月の宮殿へと飛んで逃げたと伝えられる仙女、嫦娥（「姮娥」とも）を指す。　◆情愫：純粋な思い。　◆嫁秋風：秋を司る神の妻となること。　◆天香：月に生えていると伝えられる桂の香。中国では古来、桂は天から降っ

て来ると考えられてきた。◆蒼穹‥青空。天空。　◆桂子‥五五頁［語釈］参照。　◆三

秋‥六四頁［語釈］参照。　◆纔‥三七頁［語釈］参照。

水調歌頭　月恋

水調歌頭　月の恋

この「水調歌頭」詞は二〇一四年九月八日に深圳で作ったもの。時に中秋節（旧暦の八月十五日）に当たった。中庭には桂の木の香りが満ち、静かな夜になると水のように澄んだ色の月が昇り、その清らかな光を地上に落とす。王維が「佳節に逢う毎に倍いよ親を思う」（「九月九日 山東の兄弟を憶う」詩）と詠じたように、人は月を見ては、遠方にいる家族や世を去った縁者を思い出し、記憶の中の幸せだった歳月を呼び起こす。更に、月の宮殿広寒宮に独り住むという嫦娥に思いを致せば、自ずとあの世へと旅だった思い人の存在に心を痛めることにもなる。月の宮殿がいかに壮麗であろうとも、遠く離れた月にひっそり建つ寂しい館であるからには、この世の中の思い人同士が永遠に離れることのないよう切望するのである。

雨歇雲初散、始見夜色柔
錦鱗驚覚逐泳、嬌月畔渓遊
飛星銀河争渡、鷗雁平沙競舞、
　嫦娥冠中秋
離傷千年久、可否今夜留

雨 歇みて 雲 初めて散じ、始めて夜色の柔かなるを見る
錦鱗 驚き覚めて逐泳し、嬌月畔の渓に遊ぶ
飛星 銀河に争い渡り、鷗雁 平沙に競い舞う、
　嫦娥 中秋に冠たり
離傷 千年の久しき、今夜 留まる可きや否や

依紅袖、執卿手、蕩蘭舟
桂酒靡香天外、情波酔眼眸
怎奈何仙人異、怎奈何宇寥廓、
　只恨欲還休
月隠寒天遠、白渓空自流

紅袖に依り、卿の手を執り、蘭舟を蕩らさん
桂酒 香を天外に靡らせ、情波 眼眸を酔わす
怎で奈何せん 仙人の異なるを、怎で奈何せん 宇の寥廓なるを、
只だ恨む 欲して還た休むを
月 隠れて 寒天 遠く、白渓 空しく自ら流る

［語釈］

◆夜色柔…夜空に浮かぶ月の光が柔らかなこと。◆錦鱗…美しい魚。金魚の類い。◆驚覚逐泳…いきなり月の光が水の中に差し込んできたので、眠っていた魚が目を覚まし、追いかけ合うように泳ぎ出すこと。◆嬌月畔渓…美しい月影の傍らを流れる渓流。◆平沙…砂地が広がる岸辺。◆嫦娥…五五頁［語釈］参照。◆離傷…七八頁［語釈］参照。◆依紅袖…女性の赤い袖に寄り添う。◆蕩蘭舟…小舟を漕ぐこと。◆桂酒…月の中に生えるという桂の木を用いて作った酒。◆情波…恋心を込めた秋波。流し目。◆怎奈何…どうすることもできない、の意。◆仙人異…仙人は人間とは異なること。◆宇寥廓…月の宮殿広寒宮の規模がいたずらに巨大で、がらんとしていること。◆白渓…透明な水の流れる渓流。

清平楽　雪

清平楽　雪

この「清平楽」詞は二〇一五年十二月初旬に深圳で作ったもの。初冬の時節、ＳＮＳには次々と「北国寒雪」図が共有されていた。どこまでも氷に閉ざされ雪が舞い、朝な夕なに靄がかかっても、雪と氷だけは白く輝くというものであった。思わず興が湧き、心躍って、六朝時代の宋の詩人謝恵連の「雪の賦」を吟誦し、更に詩情へと発展して、この「清平楽」詞を作って冬の雪に対する思いを吐露したのであった。

冷香稀罕、一剪窓梅綻
玲瓏柔雪隔夢喚、醒来氷竹如剣
飛聚凝耀階庭、回散瑩積門楹
簾開忽入雪雁、羽下蔵君箋軽

冷香　稀罕なり、一剪の窓梅　綻ぶ
玲瓏たる柔雪　夢を隔てて喚び、醒め来たれば　氷竹　剣の如し
飛び聚まり　凝りて階庭に耀き、回り散じて　瑩　門楹に積む
簾　開けば　忽ち　雪雁　入り、羽下に君の箋の軽きを蔵す

［語釈］

◆清平楽：詞牌の名。　◆冷香：寒い冬に咲く花。　◆稀罕：まれであること。　◆一剪窓梅：窓辺においた梅の一輪挿し。　◆玲瓏：四九頁［語釈］参照。　◆階庭：階段を降りて出られる前庭。　◆瑩：宝玉の輝き。ここでは、白く輝く雪の喩え。　◆門楹：家の

門と母屋の柱との間。屋敷の前方を指す。
◆雪雁：六八頁［語釈］参照。　◆箋：ここでは、雁に託した手紙を指す。

水調歌頭　天湖雪恋

水調歌頭（すいちょうかとう）　天湖　雪の恋

この「水調歌頭」詞は二〇一六年一月二十日の早朝に深圳で作ったもの。南国深圳における新たな冬の一日は、友人から送られた北海道の雪原と火山湖の美しい写真から始まった。山も原野も一面風雪におおわれ、白い雲が松の枝に漂っているかのようであり、また白いエーデルワイスの花が寒い冬に一斉に開花したかのようでもあった。更に雲の切れ間から太陽が顔をのぞかせると、暖かな陽光が降り注ぎ、雪原の全てが金色に輝く。このような光景はあたかも夢や幻のようであり、詩や絵の世界のようとも言え、はたまた白い恋人達が住むエデンの園にもなぞらえられた。このような絶景に対しては、ただ一篇の詞を雪の恋として吟じるほかはなかったのである。

天湖懸千仞、飛雪盈谷深
山巒綺麗倶素、皓鶴過無痕
雲破霓耀虹彩、流光幻舞斑斕、
　最艶天山寒
氷封碧池処、低吟詞一篇
絨花綻、銀葉璨、琳瑯杉

天湖　千仞（せんじん）に懸（か）かり、飛雪　谷に盈（み）ちて深し
山巒（さんらん）　綺麗にして倶（とも）に素（しろ）く、皓鶴（こうかく）　過（す）ぎて痕（あと）無し
雲　破れて　霓耀（げいよう）　虹彩（こうさい）、流光　幻舞（げんぶ）して斑斕（はんらん）、
　最も天山の寒きに艶（えん）なり
氷　碧池（へきち）を封（ふう）ずる処（ところ）、詞一篇を低吟す
絨花（じゅうか）　綻（ほころ）び、銀葉（ぎんよう）　璨（さん）なり、琳瑯（りんろう）たる杉

梅花笑掩仙鹿、羚羊楽攀岩
雪陌林深尋遍、白色恋人伊甸、
　回首在眼前
忽聞雲笛曲、卿与皓鶴還

梅花 笑いて仙鹿（せんろく）を掩（おお）い、羚羊（れいよう） 楽しみて岩に攀（よ）ず
雪陌（せっぱく） 林 深くして 尋ぬること遍（あまね）し、白色の恋人の伊甸（エデン）、
　首（こうべ）を回（めぐ）らせば眼前に在り
忽（たちま）ち雲笛（うんてき）の曲を聞く、卿（きみ） 皓鶴と還（かえ）る

［語釈］
◆天湖：空の近くにある湖。火山湖を指す。◆千仞：ものすごい高さ。◆山巒：山々。山脈。◆皓鶴：白い鶴。◆霓耀：輝く虹。◆虹彩：色鮮やかな虹。◆流光：七八頁［語釈］参照。◆幻舞：幻のように舞う。◆斑斕：八八頁［語釈］参照。◆天山：天に届くほど高い山。◆碧池：緑の池。◆低吟：声を抑えて低いトーンで吟ずる。◆絨花：セイヨウウスユキソウ。キク科の高山植物。ヨーロッパではエーデルワイスと呼ばれる。白い星形の花を咲かせる。◆銀葉：白銀の雪のおおわれた葉。◆璨：光り輝くさま。◆琳瑯：美しい宝玉のように光を放つさま。◆梅花笑：笑顔で人を迎えるかのように梅の花が咲くこと。◆仙鹿：仙人の乗る鹿。◆羚羊：カモシカ。◆攀岩：岩山をよじ登る。◆雪陌：雪におおわれた小道。◆尋遍：あちこち探し歩く。◆回首：後ろを振り返る。◆雲笛曲：雲間から聞こえて来る笛の曲。

第二部　四海を旅して

古往今来　幾多の情ぞ

長相思　美林谷

長相思（ちょうそうし）　美林谷（びりんこく）

以下の二首は美林谷を詠じた詞と詩であり、いずれも二〇一四年九月一日に北京で作ったもの。初秋のその日、清華大学五道口金融学院エグゼクティブMBAプログラムが開講した。受講者達は一堂に会し、それぞれ事業の発展について存分に発表した。そのうちの一人が発表した、北方の草原地帯にある美林谷観光開発は私の耳目を一新した。その景観の美しさ、色彩の豊かさに我が心は引きつけられ、興の赴くままに「長相思」詞一首を書き上げ、続いて更に七言律詩一首を作り、美林谷讃歌としたのであった。

雲繚之、霧繞之、澗深林密松静直
山谷渓漱石
天若思、人有詩、古刹鐘声詠経時
禅悟醒未遅

雲 之（これ）を繚（めぐ）り、霧 之を繞（めぐ）り、澗（たに） 深く 林 密にして 松 静直たり
山谷（さんこく） 渓（けい） 石を漱（すす）ぐ
天は思うが若（ごと）く、人に詩有り、古刹（こさつ）の鐘声（しょうせい） 経（きょう）を詠（よ）むの時
禅悟（ぜんご） 醒（さ）むるは未だ遅からず

［語釈］
◆長相思：詞牌の名。　◆美林谷：中国内蒙古自治区赤峰市カラチン旗に在る自然風景区。　◆繚：まとわりつく。　◆繞：一五頁［語釈］参照。　◆澗：渓谷。　◆静直：

静かにまっすぐ立つ。　◆渓：五九頁［語釈］参照。　◆漱石：渓流の水が勢いよく岩を打つ。　◆鐘声：鐘の音。　◆禅悟：禅の悟り。

七律　美林谷深酒正濃

大雁南飛追夏夢
雲鶴北去尋秋声
草原天遠黄昏後
美林谷深酒正濃
笙歌喚出中秋月
繁星点起千帳灯
牧笛声声良宵酔
楓林層層冷処紅

七律　美林谷深くして酒正(まさ)に濃(こ)し

大雁(たいがん)　南のかた飛びて　夏夢(かむ)を追い
雲鶴(うんかく)　北のかた去りて　秋声(しゅうせい)を尋(たず)ぬ
草原　天　遠し　黄昏(こうこん)の後(のち)
美林谷　深くして　酒　正に濃し
笙歌(しょうか)　喚(よ)び出(い)だす　中秋の月
繁星(はんせい)　点じ起こす　千帳(せんちょう)の灯(ともしび)
牧笛(ぼくてき)　声声(せいせい)　良宵(りょうしょう)に酔い
楓林(ふうりん)　層層　冷やかなる処(ところ)　紅(くれない)なり

［語釈］

◆大雁：大型の雁。　◆雲鶴：雲間を飛ぶ鶴。　◆秋声：秋の気配を醸し出す音。風の音や虫の声など。　◆笙歌：八六頁［語釈］参照。　◆繁星：九六頁［語釈］参照。　◆点起：灯火をともし始める。　◆千帳：多くの帳(とばり)・幔幕。　◆牧笛声声：牛飼い・羊飼いの吹く笛の一声一声。　◆良宵：九六頁［語釈］参照。　◆楓林：紅葉の林。

喀納斯之詠

喀納斯（カナス）の詠

この曲は二〇一五年八月二十七日に新疆（しんきょう）の喀納斯（カナス）で作ったもの。この辺境に出張した際、友人と連れ立って喀納斯湖に遊んだ。濛々と雨のけぶる初秋、青い湖水と緑の山々は秋を迎えて色を増し、しっとり潤（うるお）ってひたすら静寂を保っていた。このような山水の美を堪能するのもまた一興であり、ビジネス世界で慌ただしく過ごす日常をしばし忘れさせてくれたのであった。

夢磨的剔透玲瓏、詩潤的煙色朦朧
瓊波瀲灧浮彩鳳、怎一個秀形容
松影涵秋鶴喚東、西雲繾綣雨帯虹
舞一縷楊柳煙、吟一渓星和月、
　臥一枕鴛鴦風
自在這般受用、早忘了弄玉台飛燕宮

夢 磨（ま）するの剔（てき） 透（とお）りて玲瓏（れいろう）、詩 潤（うる）すの煙 色（いろ） 朦朧（もうもう）たり
瓊波（けいは） 瀲灧（れんえん）として 彩鳳（さいほう）を浮かぶ、怎（いか）で一個の秀（しゅう）もて形容せん
松影（しょうえい） 秋を涵（ひた）して 鶴 東を喚（よ）び、西雲 繾綣（けんけん）として 雨 虹を帯（お）ぶ
一縷（いちる）の楊柳（ようりゅう）の煙を舞わしめ、一渓の星と月とを吟じ、
　一枕（いっちん）の鴛鴦（えんおう）の風に臥（が）す
自在に這般（しゃはん）に受用す、早（つと）に忘れたり 弄玉（ろうぎょく）の台 飛燕の宮（きゅう）を

〔語釈〕

◆喀納斯・・新疆ウイグル自治区阿勒泰（アルタイ）地区に――在る自然景観保護区。保護区内にある喀納斯

湖はモンゴル語で「美しく豊かな神秘の湖」の意で、湖面の色は季節や天気によって様々に変化する。　◆夢磨的剔透玲瓏：この地で睡眠中に夢を見れば、全てくっきりと、何もかもが透き通るような光景の夢が見られること。　◆詩潤的煙：この地の光景を詩に詠ずれば自ずと靄（もや）がかかったような幻想的な詠い方となること。　◆瓊波：宝玉色の波。美しい水面の形容。　◆瀲灩：水面に光がたゆたうさま。　◆彩鳳：彩り豊かな鳥。　◆一箇秀：「秀」（飛び抜けて素晴らしい）の一字。◆松影涵秋：水面に映る松の影が秋の色彩を呈する。　◆繾綣：五三頁［語釈］参照。◆一縷：細く立つ煙の形容。　◆一渓星和月：渓流の水面全体に映る星と月。　◆臥一枕鴛鴦風：風の吹く中、夫婦の添い寝を象徴するオシドリの絵柄の枕に寝る。恋愛感情にも似たロマンチックな気分になること。　◆這般：このように。　◆弄玉台：春秋時代の秦の穆公が、娘の弄玉（ろうぎょく）とその夫の簫史（しょうし）のために建てた台閣。後に夫婦は鳳に乗って仙界に去ったという。　◆飛燕宮：前漢の成帝の妃 趙（ちょう）飛燕（ひえん）が住んだ宮殿。

点絳唇　塞外

点絳唇(てんこうしん)　塞外(さいがい)

この「点絳唇」詞は二〇一五年六月末に新疆のウルムチで作ったもの。ウルムチ市に出張した際、友人同士で集まり、ともに郊外に赴いて乗馬を体験し、古代の英雄の気分を味わった。一帯は絶景が広がり、けぶる雨の中、山や谷は流れる雲や霧によって見え隠れし、草原には花が咲き乱れていた。大いに楽しんで帰った後は、野外に設けられたパオで酒を酌み交わし、詩を吟じ合った。魏の曹操曰く、「酒に対して当に歌うべし、人生 幾何ぞ」（「短歌行」）と。

雲繞山畳、黄花遍野柔峻岫
煙雨漸驟、谷深嶺更秀
松隠玉渓、漱石声依旧
留連久、農家可有、雲外飲美酒

雲 繞(めぐ)り 山 畳(かさ)なり、黄花(こうか) 野に遍(あまね)くして 峻岫(しゅんしゅう) 柔かなり
煙雨 漸(ようや)く驟(はげ)しく、谷 深くして 嶺(みね) 更に秀(しゅう)なり
松は玉渓(ぎょくけい)を隠(かく)し、石を漱(すす)ぐ声は旧(きゅう)に依(よ)る
留連(りゅうれん)すること久しくして、農家 可(はた)して有り、雲外に美酒を飲む

［語釈］
◆塞外…辺境地区。　◆繞…一五頁［語釈］参照。　◆遍野…野原一面に咲く。　◆峻岫…聳え立つ峰。　◆漸驟…次第に激しくなる。　◆玉渓…美しい渓流。　◆漱石…一一一頁［語

釈」参照。　◆依旧：九八頁［語釈］参照。
◆留連：立ち去りがたく、長い間そこに留まること。　◆可：ここでは、意外性を表す助字。　◆雲外：雲の向こう。遥かかなた。

望海潮　武隆重逢

この「望海潮」詞は二〇一五年十一月中旬に重慶郊外の武隆県で作ったもの。この深秋の時候、清華大学金融学院エグゼクティブMBAプログラムの第二期卒業生達が、有志の提唱によって重慶に一堂に会することとなった。その期間、悠久の歴史と自然の美を誇る武隆山観光のツアーが用意されていた。武隆山は優美にして雄壮、とりわけ天然の神秘たる「天生三橋」には息を飲むほど圧倒された。武隆山は我々同窓生達の友情の証ともなったのである。

巴山蜀水、白露煙谷、天橋暗渡飛龍
六百年駅站、旌耀酒濃
千里策馳古道、閲尽無数英雄
看銀泉銜璧、墜散珍珠、淵蔵天窿
重巒畳嶂、深澗絶険、雲階径入天宮
惟有追霞鴻雁、指引迷蹤
陽関已過夢好、浮生等閑従容
同窓重逢、好友再聚、武隆山中

望海潮　武隆にて重逢す

巴山 蜀水、白露 煙谷、天橋 暗かに飛龍 渡る
六百年の駅站、旌は酒の濃きを耀る
千里 古道を策馳し、閲し尽くす 無数の英雄を
看る 銀泉 壁を銜み、墜ちて珍珠を散じ、淵に天窿を蔵するを
重巒 畳嶂、深澗 絶険、雲階 径ちに天宮に入る
惟だ霞を追う鴻雁有り、迷蹤に指引す
陽関 已に過ぎて 夢 好し、浮生は等閑にして従容なり
同窓 重ねて逢い、好友 再び聚まる、武隆山の中

［語釈］

◆望海潮…詞牌の名。　◆重逢…再会する。◆巴山蜀水…巴蜀（現在の四川省及び重慶市）の山水。　◆白露…白く輝く夜露。◆煙谷…靄にけぶる谷。　◆天橋…カルスト地形の下部がえぐられてできた、巨大な岩石の橋。「天生三橋」あるいは「天坑三橋」と呼ばれる。　◆暗渡飛龍…「天生三橋」の姿がまるで、龍が密かに空を渡るように思われること。　◆六百年駅站…「天生三橋」の下にある古代の駅亭「天福官駅」。唐の武徳二年（六一九）に初めて置かれたと伝えられる。◆旌…ここでは、居酒屋の看板代わりに掲げられた旗を指す。　◆策馳…馬に鞭打って馳せる。　◆銀泉銜壁…岩壁に滝が架かること。◆珍珠…貴重な真珠。ここでは、水しぶきの形容。◆淵蔵天窿…滝壺の水面に天が映ること。　◆重巒…幾重にも重なる山々。　◆畳嶂…連なる峰々。　◆深澗…深い渓谷。　◆絶険…外界と隔絶した天険の地。　◆雲階径入天宮…雲へと通ずる階段がまっすぐ天の宮殿へと続く。「天生三橋」の形容。　◆追霞鴻雁…夕焼けを追いかけるようにして飛ぶ雁。◆指引迷蹤…ともすれば迷ってしまうような道筋を指し示し誘導してくれる。　◆陽関…唐代、敦煌付近にあった関所の名。唐の王維の「元二の安西に使するを送る」詩に「西のかた陽関を出ずれば故人無からん」とあるのを踏まえる。　◆浮生…定めがたき人生。◆等閑…気軽なさま。　◆従容…六四頁［語釈］参照。

行香子　縉雲山求道

この「行香子」詞は二〇一五年十一月中旬に重慶で作ったもの。当時、清華大学金融学院エグゼクティブMBAプログラムの同窓生が重慶に集っており、重慶の縉雲山を観光した後、感ずるところがあってこの詞を作ったのである。縉雲山は古くは巴山と呼ばれ、七千年前の地殻変動「燕山運動」によって生まれた。山には絶えず雲や霧がめぐり、多分に仙界の雰囲気が漂っている。気象は目まぐるしく変化し、朝焼けや暮れ方の雲は五色に彩られる。古人曰く、「赤 多くして 白 少なきを『縉』と為す」と。故に縉雲山と命名されたのであり、求道者が仙人を訪ねる山でもあったのである。

天吐縉雲、時渾時真、軒轅煉丹九州神
世外尋道、斉物超塵
静飲流霞、眠霜露、吸星魂
春秋代新、日陽月陰、水火相克土生金
仰思雲語、俯聴渓琴
願効子綦、吾喪我、龍観冥

行香子　縉雲山にて道を求む

天は縉雲を吐き、時に渾 時に真、軒轅 丹を煉る 九州の神
世外 道を尋ね、物を斉しうして塵を超ゆ
静かに流霞を飲み、霜露に眠り、星魂を吸う
春秋 代新し、日陽月陰、水火 相克して 土 金を生ず
仰ぎて雲語を思い、俯して渓琴を聴く
願わくは子綦に効わん、吾は我を喪れ、龍観 冥し

［語釈］

◆渾：混濁する。　◆真：混じりけがないこと。　◆軒轅：伝説時代の帝王、黄帝。中華民族の祖と目される。かつて縉雲山で黄帝が「煉丹」（不老不死の仙薬を作る）したと伝えられる。　◆九州：六一頁［語釈］参照。　◆世外尋道：俗世間の外に真の道を探し求める。　◆斉物：宇宙の中の一切の物を、何の区別もせず同等に見なすこと。　◆超塵：塵にまみれた俗世間を超越する。　◆飲流霞：雲や霞を飲む。仙人になること。　◆吸星魂：星を吸い取って己の魂とする。　◆代新：次々と新しい物へと変わっていく。　◆日陽月陰：陽の象徴たる太陽と、陰の象徴たる月と。　◆水火相克土生金：水が火に勝って、土が金を生じる。中国伝統の五行思想に基づく。　◆俯聴渓琴：下を向いて、琴のような音を奏でる渓流の音に耳を傾ける。　◆子綦：『荘子』〈斉物論〉篇に登場する隠者、南郭子綦を指す。　◆吾喪我：『荘子』〈斉物論〉篇に「子綦曰く、……吾 我を喪れたり……」とあるのを踏まえる。　◆龍観：縉雲山にある道教寺院「紹龍観」を指す。

売花声　岳陽懐古

売花声　岳陽懐古

以下の「売花声」詞と「望海潮」詞はいずれも二〇一四年三月末に長沙で作ったもの。暖かくなって花が咲き始めた時節、友人を伴って古城岳陽に遊び、天下の景勝岳陽楼に登った。楼上から遠くを眺めると、洞庭湖はどこまでも果てしなく広がり、気象が目まぐるしく変化する中、あちこちに点在する古蹟には悠久の歴史の跡がおぼろげながら見て取れた。そこでふと、北宋・范仲淹の「岳陽楼の記」を吟誦しているうちに、心の騒ぎ出すのを禁じ得なくなった。歳月が過ぎ、星の移り変わる中、岳陽楼でかつて繰り広げられてきた多くの愛憎劇や英雄同士の争いも全て過ぎ去りし過去のものとなった。それに対して、緑の山々は昔のまま存在し、それらを幾度となく夕日が赤く染めてきたのであって、風雨に洗われた古い楼閣が洞庭の星空の下にただ残るだけなのである。

岳陽楼凭欄、千古仲淹、
　心繫天下憂江山
奈何夕陽紅尽処、夢断陽関
青竹涙斑斑、香隕君山、
　湘妃尋夫今未還

岳陽楼にて欄に凭れば、千古の仲淹、
　心は天下に繫かり江山を憂う
奈何せん　夕陽　紅　尽くる処、夢　陽関に断ゆるを
青竹　涙　斑斑たり、香　君山に隕ち、
　湘妃　夫を尋ねて　今　未だ還らず

情動洞庭無限事、鳳去雲閑　情は動く 洞庭 無限の事に、鳳去りて 雲 閑なり

［語釈］

◆凭欄：手すりに寄りかかる。　◆仲淹：北宋の文人、范仲淹（九八九〜一〇五二）。その「岳陽楼の記」は名文として名高い。　◆心繫天下憂江山：天下の事や山河の有様を気にかける。「岳陽楼の記」に、「廟堂の高きに居れば則ち其の民を憂い、江湖の遠きに処れば則ち其の君を憂う。……其れ必ず『天下の憂いに先んじて憂い、天下の楽しむに後れて楽しむ』と曰わんか」とあるのを踏まえる。

◆陽関：一一八頁［語釈］参照。　◆青竹涙斑斑：洞庭湖畔に自生する青い竹の葉には、涙をこぼしたようなまだら模様があること（世に「斑竹」と呼ぶ）。古代の帝王、舜が南方巡遊中に世を去った際、その妃の娥皇・女英の姉妹は洞庭湖畔で夫の死を悲しみ、二人が流した涙が笹の葉の上に落ちると、まだら模様に変じたと伝えられる。その後、二人は夫の後を追って湘江という川に身を投げたという。　◆香隕：娥皇と女英が命を落としたことを指す。　◆君山：洞庭湖の中にある島の名。　◆湘妃：娥皇と女英を指す。　◆雲閑：雲がのんびり空に漂う。

望海潮　楚湘洞庭行

南極蕭湘、北通巫峡、荊楚自古風雲
湘江貽情、岳麓縦志、
　岳陽楼記古今
大風起雄心、楚歌困覇王、高祖君臨
誰将浮名、換了浅斟、酔低吟
長煙浩渺洞庭、怒濤撃舟楫、霧隠日星
紫雲落英、水漫雲樹、画船談笑弄琴、
　弦撫水波平、雨歇朝陽出、
　霓霞流金
楚天鯤鵬万里、碧湖耀錦鱗

望海潮　楚湘洞庭行

南は蕭湘を極め、北は巫峡に通じ、荊楚　古自り風雲あり
湘江は情を貽し、岳麓は志を縦にし、
　岳陽楼は古今を記す
大風　雄心を起こし、楚歌　覇王を困ぜしめ、高祖　君臨す
誰か浮名を将て、浅斟して、酔いて低吟するに換え了らん
長煙　洞庭に浩渺たり、怒濤　舟楫を撃ち、霧　日星を隠す
紫雲　落英、水は雲樹に漫り、画船　談笑して琴を弄し、
　弦　撫して水波　平らかに、雨　歇み　朝陽　出で、
　霓霞　金を流す
楚天は鯤鵬　万里たり、碧湖に錦鱗　耀く

［語釈］
◆楚湘洞庭行：楚の国、湘南、洞庭湖の歌。洞庭湖一帯は春秋・戦国時代は楚の国に属し、また、洞庭湖には南から北へと流れて来る湘江が注ぎ、その一帯は「湘南」とも呼ばれた。「行」は歌の意。　◆南極蕭湘：洞庭湖は南は瀟水・湘江が注ぐあたりまで広がる。「瀟水」（「蕭水」

とも書く）は湘江の支流で、多く「瀟湘」と総称される。前出「岳陽楼の記」に「北は巫峡に通じ、南は瀟湘を極む」とあるのを踏まえる。　◆巫峡：長江中流にある峡谷。長江三峡の一つ。長江は巫峡の下流部分で洞庭湖に接続していた。　◆荊楚：楚の国の古称。◆貽情：恋愛に関する故事を残す。前出、舜の妻の娥皇と女英が夫の後を追って湘江に身を投げたことを指す。　◆岳麓：湘江の東岸にある岳麓山。宋代、この山に岳麓書院という学問所が設けられ、朱子などの一流の学者が講義を行っていた。　◆大風起雄心：大風が雄々しい心をかき立てる。漢の高祖劉邦の作「大風歌」を踏まえる。　◆楚歌困覇王：楚の歌が覇王項羽を苦しめた。垓下の戦いで、劣勢の項羽軍が劉邦指揮下の漢の大軍に包囲され、四方から楚の歌が聞こえてきたこと（四面楚歌）を指す。　◆浮名：世間での浮ついた名声。虚名。北宋・柳永の「鶴沖天」詞に「浮名を把りて、浅斟低唱に換え了るに忍びんや」とあるのを踏まえる。浮き世の虚名を追い求めるくらいなら、ほろ酔い加減で鼻歌を歌っている方がまだましだ、の意。　◆長煙：果てしなく広がる靄。　◆浩渺：遠くまで行き渡るさま。　◆舟楫：舟を漕ぐ櫂。　◆落英：一八頁［語釈］参照。　◆雲樹：雲や靄に霞む木々。◆画船：三七頁［語釈］参照。　◆弄琴：琴を弾く。　◆弦撫：琴などの弦楽器を爪弾く。◆朝陽：朝日。　◆霓霞：八一頁［語釈］参照。　◆流金：金色を帯びる。　◆楚天：楚の国の空。　◆鯤鵬：全長数千里もあっという間の想像上の巨大な鳥。　◆碧湖：青い湖。　◆錦鱗：一〇四頁［語釈］参照。

洞庭短歌行

洞庭短歌行

この「短歌行」は二〇一四年四月初めに長沙で作ったもの。折しも江南のこの地は春爛漫で、古城岳陽にある岳陽楼や洞庭湖の君山などを楽しく遊覧した。同時に心は悠久の歴史の大河を遡り、これらの名勝古蹟に関連する様々な詞詩を口ずさむと、多くの歴史上の英傑が戦場に馬を走らせる姿、あるいは詩壇で名を馳せる姿が想像された。しかしそれらも遠い過去の事となり、今ではただ東を指して流れる一筋の春の川が残るだけ。幾分かの感慨と幾分かの嘆きは全て川とともに流れ去り、後に残ったのはただこの古の思いを詠じた「短歌行」一首だけだったという次第である。

独立寒秋、碧湖蒼蒼
杳杳洞庭、波瀾茫茫
月冷星稀、蕭蕭風起
寥廓斑斑、鱗鱗陸離
蓮瑟残荷、離愁苦多
何以解憂、水調漁歌
夜月皎皎、玉音嫋嫋

独り寒秋に立てば、碧湖　蒼蒼たり
杳杳たる洞庭、波瀾　茫茫たり
月　冷やかに　星　稀にして、蕭蕭として　風　起こる
寥廓として斑斑、鱗鱗として陸離たり
蓮瑟　残荷、離愁　苦だ多し
何を以て憂いを解かん、水調の漁歌
夜月　皎皎として、玉音　嫋嫋たり

何覓伊人、霓裳妖嬈
秋蘭青青、蕙帯紫茎
鼓簫吹笙、載舞軽萍
我欲凌月、泛舟天闕
蕙肴蒸芳、桂子椒漿
嫦娥宮蔵、羅幕遮香
美神慵起、曼妙若馨
芬菲満堂、彩衣若英
桂花美酒、欲飲還休
月明千秋、酔醒還憂

何こに伊の人を覓めん、霓裳　妖嬈たり
秋蘭　青青たり、蕙帯　紫茎
簫を鼓し笙を吹き、載に軽萍を舞わしむ
我　月を凌ぎ、舟を天闕に泛べんと欲す
蕙肴　蒸されて芳しく、桂子　椒漿
嫦娥　宮に蔵れ、羅幕　香を遮る
美神　起くるに慵く、曼妙　馨るが若し
芬菲　堂に満ち、彩衣　英の若し
桂花の美酒、飲まんと欲して還た休む
月明　千秋、酔い醒めて還た憂う

［語釈］

◆短歌行：一句四字の長編詩。魏の曹操の作が嚆矢とされる。後にメロディーにのせて歌う「楽府詩」の一種となる。　◆碧湖：一二四頁［語釈］参照。　◆蒼蒼：霞んで青いさま。　◆杳杳：遥か遠いさま。　◆茫茫：どこまでも広がるさま。　◆蕭蕭：風の吹く音の形容。　◆寥廓：広大でがらんとしているさま。　◆斑斑：色鮮やかなさま。　◆鱗鱗：波立つさま。　◆陸離：錯綜するさま。　◆蓮瑟：風に鳴る蓮の葉。　◆残荷：五二頁［語釈］参照。　◆離愁：愛しい人と離ればなれとなっている悲しみ。　◆解憂：憂さを晴らす。　◆水調：曲調の名。　◆漁歌：漁をする時に歌う歌。舟歌。　◆皎皎：白く輝くさま。　◆玉音：澄んだ音色。ここでは、風の音。　◆嫋嫋：風のそよ吹くさま。◆霓裳：虹色のスカート。◆妖嬈：七〇頁［語釈］参照。　◆蕙帯紫茎：紫の茎の香草で作った帯。屈原の「九歌」其の六「少司命」に「秋蘭 青青として、緑葉に紫茎」とあるのを踏まえる。　◆鼓簫吹笙：縦笛を吹き、「笙」の笛を吹く。「笙」は複数の管を同時に吹く笛。　◆軽萍：水の上を軽やかに動く浮き草。　◆凌月：空を飛んで月へ行く。　◆天闕：天上世界にある宮殿。◆蕙肴：香草で蒸した肉。屈原の「九歌」其の一「東皇太一」に「蕙肴 蒸して 蘭藉、桂酒と椒漿とを奠く」とあるのを踏まえる。
◆桂子：月に生えるという桂の木の実。
◆椒漿：香辛料を浸した酒。　◆嫦娥：五五頁［語釈］参照。　◆宮蔵：宮殿の中に身を隠す。　◆羅幕：綾絹で作った幔幕。　◆美神：「嫦娥」を指す。　◆曼妙：美しく艶やかなさま。　◆芬菲：良い香り。　◆彩衣若英：花のように衣が色鮮やかであること。
◆桂花美酒：月に生えるという桂の木の花で造った美酒。

浣渓沙　南湖　　　浣渓沙　南湖

この「浣渓沙」詞は二〇一四年三月末に長沙で作ったもの。陽春三月の早朝、波穏やかで風景の美しい岳陽の南湖の周りをジョギングしていると、次第に朝日が昇り、空が赤く染まってきた。南湖の水は澄み波も穏やかで、湖畔の道には人影もなく、魚は水底の岩の間に戯れ、朝を迎えて鷗が飛び、そのような田舎町ののどかな風景にしばし酔いしれたのであった。

晨曦又暖故郷橋、微魚戯蓮湿夢絹、
　帰雁猶知哪朶嬌
小径情深深幾許、千層秋瀾南湖潮、
　倩影朝陽美人礁

晨曦　又た暖む　故郷の橋、微魚　蓮に戯れ　夢絹　湿い、
　帰雁　猶お知る　哪れの朶の嬌なるを
小径　情　深くして　深きこと幾許ぞ、千層の秋瀾　南湖の潮、
　倩影　朝陽　美人の礁

［語釈］

◆浣渓沙：詞牌の名。　◆南湖：湖南省岳陽市の南にある湖。洞庭湖の一部。　◆晨曦：朝日。　◆又：「今日もまたもや」の意。

◆微魚：小魚。　◆夢絹：寝台をおおう薄絹の帳。　◆帰雁：一七頁［語釈］参照。　◆哪朶嬌：どの蓮の枝が美しいのか、の意。

◆小径：二五頁［語釈］参照。　◆秋瀾：秋の波。ここでは「秋波」と同じく、美女の送る流し目に喩えている。　◆潮：湖にみなぎる水。　◆倩影：美しい姿。　◆朝陽：一二四頁［語釈］参照。　◆美人礁：南湖の周りに積まれた堤防の岩が美人の形状をなしていること。

行香子　西子尋

この「行香子」詞は二〇一五年十月下旬に杭州で作ったもの。この秋の日、西子湖（西湖）に遊んだ。日の出から日没まで、始終、湖には薄靄が漂い、水面には日の光がたゆたい、その夢幻の趣は、時空を越えて我が思いを古へといざなった。白話小説『白蛇伝』の中で許仙に恋してひたすら彼を追いかけた白娘子の一途な愛情や、呉越の興亡劇の中で活躍した范蠡と西施それぞれの数奇なる運命に思いを致すと、潮の如く興が湧き出で、この詞が出来上がったのであった。

露逐樹低、煙鎖白堤、
　柔霧断橋卿蹤迷
雲漫閑趣、猶話伝奇、誰登蘭舟、
　泛五湖、随范蠡
沈魚美姫、来復帰兮、
　傾国之色化湖曦
晴光瀲灩、朦朧愈綺
国難不惧、王可棄、栄何惜

行香子　西子尋

露は樹の低きを逐い、煙は白堤を鎖し、
　柔霧の断橋　卿が蹤　迷う
雲　漫りて閑趣、猶お伝奇を話る、誰か蘭舟に登り、
　五湖に泛び、范蠡に随える
沈魚の美姫、来たりて復た帰るや、
　傾国の色　湖曦に化せり
晴光　瀲灩として、朦朧　愈いよ綺なり
国難　惧れず、王　棄つ可し、栄　何ぞ惜しまんや

［語釈］

◆西子尋：西湖の散策。西湖は杭州市街の西にある風光明媚な湖。北宋・蘇軾が「湖上に飲むに初め晴れ後雨ふる二首」其の二で「若し西湖を把りて西子に比すれば」と詠って以来、西湖を「西子湖」（「西子」は「西施」の別称）とも称するようになった。◆白堤：西湖の北から南西に延びて孤山まで続く堤。唐代、杭州刺史を勤めた白居易が築いたと伝えられる。◆煙：二九頁［語釈］参照。◆断橋：西湖北岸から白堤に連なる橋。◆卿蹤迷：過去に残した貴女の足跡は今やどこにあるのか判らない、の意。「卿」とは春秋時代の越の美女西施を指す。◆閑趣：のどかな趣。◆伝奇：世にも奇妙な物語。お伽噺。◆蘭舟：八二頁［語釈］参照。◆五湖：春秋時代の呉越地域にあった五つの湖。◆范蠡：春秋時代の越の国の将軍。呉に敗れた越王勾践を輔佐して国家を再建し、終には呉の国を滅ぼして雪辱を果たす最大の立役者となった。その後は朝廷から身を引き、舟を浮かべて各地を周遊し、陶朱公と名を改めて商人となり、巨万の富を築いたと伝えられる。呉の国に送られて呉王夫差を骨抜きにした絶世の美女西施は、呉の滅亡後、范蠡を慕って彼の妻となったともいわれる。◆沈魚美姫：西湖の水底に泳ぐ魚は古の西施の化身、の意。◆兮：二〇〇頁［語釈］参照。◆傾国之色：国を傾けるほどの容色。西施の美貌を指す。◆湖曦：湖を照らす日の光。◆晴光：晴れた日中の日の光。◆瀲灩：一一四頁［語釈］参照。◆朦朧愈綺：雨が降ってぼやけた湖の光景はますます美しい、の意。上掲蘇軾詩に「山色 空濛 雨も亦た奇なり」とあるのを踏まえる。◆国難：越の国が呉の国にかつて全面降伏したことを指す。◆王可棄：越王の地位は捨て去ってもよい、の意。上述の如く、越が呉を滅ぼすに至った過程での最大の功労者は范蠡であり、范蠡は勾践に替わって王位に昇るにふさわしい存在であったことを踏まえる。

如夢令　小城故事

この「如夢令」詞は二〇一五年五月十四日に深圳で作ったもの。暮春から初夏へと移る時節、友人が江南の田舎町に遊んだ際の写真を送ってくれた。小川には小さな橋が架かり、白壁に青瓦の民家からは炊事の煙がゆらゆらと上がり、水面には枝垂れ柳が影を落として、まさしく晩唐・韋荘の「菩薩蛮」詞にいう「画船　雨を聴きて眠る」の句にぴったりの情景であり、いつしか思いはその当時に飛んで行ったのであった。

如夢令　小城故事

纔到古鎮柳下、想起青梅竹馬
小橋渡船家、巻簾佳人如画
神話、神話、夢中人児是她

纔に古鎮の柳下に到れば、青梅竹馬を想起す
小橋　渡船の家、簾を巻く佳人　画の如し
神話なり、神話なり、夢中の人児は是れ她なり

［語釈］
◆如夢令…詞牌の名。　◆小城故事…小さな田舎町の物語。　◆纔…三七頁［語釈］参照。　◆古鎮…古びた田舎町。　◆青梅竹馬…ほのかな恋愛感情を抱いていた幼馴染み。李白の「長干行」詩に「郎は竹馬に騎して来たり、床を遶りて青梅を弄す」とあるのを踏まえる。　◆渡船家…川を渡る屋形船。　◆如画…絵のように美しい、の意。　◆人児…八六

頁［語釈］参照。　◆她‥彼女。

―

西江月　東郊晨恋　一

以下の三首の「東郊晨恋」はいずれも二〇一四年八月中旬に上海で作ったもの。そのすがすがしい朝、上海の東郊賓館の湖畔、花咲く小道や竹林の中をジョギングした。あちこちから小鳥のさえずりが聞こえ、水鳥の浮かぶ湖には魚が戯れ、朝日を浴びて蓮の花が開き、松林には鶴が舞い、あたりには蘭の香りが漂って、その夢幻の趣にしばし陶酔したのであった。

西江月　東郊晨恋　一

風敲修竹驚鵲、白鶴軽竦瓊瑤
靄喚睡蓮荷慵嬌、金枝銀杏也俏
軽霧雖掩旭日、佳人仍渡画橋
昨夜綺夢約東郊、乳燕一声晨暁

風は修竹を敲きて鵲を驚かしめ、白鶴は軽竦せる瓊瑤
靄は睡れる蓮を喚び　荷　慵嬌たり、金枝の銀杏も也た俏し
軽霧　旭日を掩うと雖も、佳人　仍お画橋を渡る
昨夜　綺夢　東郊に約す、乳燕　一声の晨暁

［語釈］

◆西江月：詞牌の名。　◆晨恋：早朝の恋。　◆軽竦瓊瑤：軽やかにすっくと立つ鶴の姿はあたかも白い宝玉のようだ、の意。　◆慵嬌：起きるのに物憂いながらも、愛らしい仕草をする、の意。　◆銀杏：イチョウ。　◆軽霧：薄靄。　◆修竹：五一頁［語釈］参照。

◆旭日‥朝日。　◆画橋‥二九頁［語釈］参照。　◆綺夢‥美しい夢。　◆約東郊‥上海の東郊賓館で落ち合うことを約束する。

◆乳燕‥燕の雛（ひな）。また、子育てをする燕。
◆晨暁‥夜明け。早朝。

阮郎帰　東郊晨恋　二

倒影廊橋渡紫雲、錦鱗戯飛禽
柳静松寧蕙清芬、鏡湖凝香醇
蓮初醒、鶴舞晨、蘭亭倚伊人
鵲銜銀杏鳴如金、雁来報佳音

阮郎帰　東郊晨恋　二

影を倒にする廊橋 紫雲を渡り、錦鱗 飛禽に戯る
柳 静かに 松 寧らかに 蕙 清芬として、鏡湖 香醇 凝る
蓮 初めて醒め、鶴 晨に舞い、蘭亭 伊の人 倚る
鵲 銀杏を銜みて鳴くこと金の如く、雁来たりて佳音を報ず

［語釈］

◆阮郎帰：詞牌の名。　◆倒影：水面に逆さに影が映る。　◆廊橋：屋根付きの橋。　◆錦鱗：一〇四頁［語釈］参照。　◆飛禽：飛ぶ鳥。　◆蕙：香草の一種。　◆清芬：清らかな香りを発するさま。　◆鏡湖：鏡のような水面の湖。　◆香醇：香り良い酒。

◆蘭亭：ここでは、蘭の香りが漂うあずまや。　◆銜銀杏鳴如金：金色のイチョウの葉を銜えて鳴けば、その鳴き声はあたかも金管楽器のような美しい音色を奏でる、の意。　◆佳音：素晴らしい鳴き声。

秋蕊香　東郊晨恋　三

睡蓮醒覚風透、流波弄芳醇厚
一簇吊蘭懸闌誘、渓畔美人蕉秀
曙照双影廊橋後、情如酒
軽露酔潤東郊柳、晨光年年如旧

秋蕊香　東郊晨恋　三

睡れる蓮　醒覚して　風　透り、流波　芳を弄して醇厚なり
一簇の吊蘭　闌に懸かりて誘い、渓畔　美人蕉　秀ず
曙　双影を廊橋に照らす後、情　酒の如し
軽露　酔いて潤おす　東郊の柳、晨光　年年　旧の如し

［語釈］

◆秋蕊香：詞牌の名。　◆醒覚：眠りから目覚める。覚醒する。　◆弄芳：良い香りを発する。　◆醇厚：酒の味が濃厚であること。　◆一簇：七〇頁［語釈］参照。　◆吊蘭：吊された蘭の鉢。　◆懸闌誘：欄干に懸けられて人を誘う。　◆渓畔：渓流のほとり。

◆美人蕉：ダンドク。熱帯から温帯に生育するカンナ科の多年草。赤や黄の花を咲かせる。一般には「美人蕉」と書かれる。　◆曙：朝日。　◆双影：二人の影。　◆廊橋：一三六頁［語釈］参照。　◆軽露：少しの夜露。　◆晨光：早朝の日の光。　◆如旧：昔のままである。

点絳唇　聖託裏尼狂想曲
贈友人

何処魂銷、天籟交響是藍調
白雲嫚妙、霓裳酔小号
楽燃流霞、海韻撫夕照
帆弦尽、浪鍵歓跳、風笛吹小島

点絳唇（てんこうしん）　聖託裏尼（サントリーニ）狂想曲
友人に贈る

何（いず）れの処（ところ）にか　魂（こん）　銷（き）ゆる、天籟（てんらい）の交響は是（こ）れ藍（あお）き調べ
白雲（はくうん）　嫚妙（まんみょう）たり、霓裳（げいしょう）　小号（しょうごう）に酔う
楽（がく）は流霞（りゅうか）に燃え、海韻（かいいん）　夕照（せきしょう）に撫（ぶ）す
帆弦（はんげん）　尽（つ）くるも、浪鍵（ろうけん）　歓（よろこ）び跳（は）ね、風笛（ふうてき）　小島（しょうとう）を吹く

この「点絳唇」詞は二〇一五年七月十三日の深夜に深圳で作ったもの。この夜、友人から送られたギリシャ領サントリーニ島の数枚の写真を眺めていた。コバルト色の海に深く青い空。そこに童話に出て来るような白壁に青い屋根の家々が、あたかも群がって咲く花々のように海辺に立ち並んでいた。更に朝と夕暮れには空は金色に染まり、潮が満ちては引き、雲は自在に動き、潮騒は絶えず、沖には点々とヨットが浮かび、その光景はまるで夢（ゆめ）幻（まぼろし）、あるいは詩や音楽とも思われた。重なる波はピアノの鍵盤、船のロープはバイオリンの弦と見立てると、あたかも大自然が興に任せて狂想曲を演奏しているかのように感じられたのであった。

［語釈］

◆聖託裏尼：サントリーニ島。エーゲ海のキクラデス諸島南部に位置するギリシャ領の島。カルデラ湾を望む断崖の上に白壁の家々が密集する景観で知られる。　◆魂銷：六六頁［語釈］参照。　◆天籟：二三頁［語釈］参照。　◆交響：様々な楽器の音が交錯して盛大な音楽を奏でる。　◆嫚妙：たおやかで美しいさま。　◆霓裳：一二七頁［語釈］参照。

◆小号：トランペット。　◆流霞：三九頁［語釈］参照。　◆海韻：海の波の音。潮騒。　◆撫夕照：夕日に照らされる中でまるで弦楽器のような音を奏でる、の意。　◆帆弦：ヨットの帆をあげるロープをバイオリンの弦になぞらえた措辞。　◆浪鍵：重なる波をピアノの鍵盤になぞらえた措辞。　◆風笛：風の音を笛の音になぞらえた措辞。

風入松　勃根地

風入松　勃根地

この「風入松」詞は二〇一六年五月下旬に深圳で作ったもの。当時、フランス南部のブルゴーニュ地方を巡るサイクリングツアーに参加した友人から写真が送られてきた。そのツアーは毎日十数人が一団となって、青い空の下、ブルゴーニュ地方のブドウ畑の中を走り、ワイナリーを巡ってワインを味わうものだという。美しい花々が咲き乱れる野の道を走っていると、そこかしこにワインの香りが漂い、いつしかほろ酔いとなる。あたかも俗世間から隔絶されたエデンの園であり、世間ではいつであるのかを忘れさせ、帰りたくなくなる、という光景が脳裏に浮かんだのであった。

誰揮就如此画粧、勃根地風光
賒得莫奈玲瓏筆、把自己、醮入画框
撿一縷薫衣草、聞幾蕊蘭花香
約住暮色留夕陽、把酒擬疎狂
莫嘆隻身紅塵遠、風流在、伊甸他郷
種一片匍萄苑、住一廬老酒荘

誰か此くの如き画粧を揮い就す、勃根地の風光
賒り得たり　莫奈の玲瓏の筆、自己を把りて、画框に醮し入る
一縷の薫衣草を撿み、幾蕊の蘭花の香を聞く
暮色を約住して夕陽を留め、酒を把りて疎狂ならんと擬す
嘆ずる莫かれ　隻身　紅塵に遠きを、風流　在り、伊甸の他郷に
一片の匍萄苑を種え、一廬の老酒荘に住まん

［語釈］

◆揮就：筆をふるって描き上げる。　◆画粧：美しい絵のような化粧。　◆勃根地：ブルゴーニュ。フランス南部にあるワインの名産地。英名はBurgundy（バーガンディ）であり、中国名はそれに漢字を宛てたもの。　◆賒得：一時的に借りてきた、の意。　◆莫奈：クロード・モネ。印象派を代表するフランスの画家。　◆玲瓏：四九頁［語釈］参照。　◆醮入画框：絵筆を濡らして額縁の中の絵に描き入れた、の意。　◆一縷：ここでは「草一本」の意。　◆薫衣草：ラベンダー。　◆聞：臭いをかぐ。　◆約住：しっかり縛り止める。　◆暮色：暮れ方の空の色。　◆擬疎狂：細かいことにかかわらず、豪放に振舞おうと思う、の意。　◆隻身：ひとりぼっちの身。　◆紅塵遠：俗世間から遠く離れる。　◆伊甸：四五頁［語釈］参照。　◆他郷：よその地域。　◆一片葡萄苑：一面のブドウ園。「葡萄」は「葡萄」に同じ。　◆一廬老酒荘：一軒の古いワイナリー。

唐多令　巴黎

唐多令　巴黎

この「唐多令」詞は二〇一六年五月下旬に深圳で作ったもの。折しも、春から夏へと移る時節に、慌ただしく赴いたパリ旅行から帰って来たところであった。旅のさなか、暮れ方に雲が集まり夕日が西に沈む頃、シャンゼリゼ通りを歩いていると、夕日の射す中、夕焼けに染まる凱旋門が望み見られた。ナポレオン将軍が凱旋して帰って来た往時の勇ましい光景が脳裏に浮かぶや、とめどない慨嘆を禁じ得なかった。古今の様々な出来事も全て風とともに去ってしまうのだ、と。

凱旋帯夕陽、門開瀉栄光

凱旋　夕陽を帯び、門　開きて　栄光を瀉ぐ

香榭麗、淌金流芳

香榭　麗しく、金を淌し　芳を流す

只寄雄心凌雲処、豊碑築、偉名揚

只だ雄心　雲を凌ぐ処に寄せて、豊碑　築かれ、偉名　揚がる

塞納河徜徉、悄経雨果窓

塞納河に徜徉すれば、悄かに雨果の窓を経たり

与巴黎、傾訴衷腸

巴黎の与に、衷腸を傾訴す

千古風流無限事、都写在、第幾章

千古の風流　無限の事、都て写きて、第幾章にか在る

［語釈］

◆凱旋：パリのエトワール凱旋門を指す。ナポレオン・ボナパルトがアウステルリッツの戦いに勝利したことを記念して一八〇六年に着工、一八三六年に完成した。　◆門開瀉栄光：凱旋門が開かれ、ナポレオンの栄光が世界に向かって迸（ほとばし）るかのように感じられること。　◆香樹：凱旋門を飾っていった措辞。「樹」は台の上に建てられた建造物を指す。◆淌金流芳：夕日を浴びた凱旋門が、まるで金色の光や香気を放出するように感じられること。　◆雄心凌雲：雲をも凌ぎ天に達するほどの雄々しい心。ナポレオンの意気軒昂たるさまをいう。　◆豊碑：立派な碑石。凱旋門を指す。　◆偉名揚：偉大なる名声が称揚されること。　◆塞納河：パリを流れるセーヌ川。　◆徜徉：五五頁［語釈］参照。◆雨果：フランスの文人ヴィクトル・ユーゴー（一八〇二～一八八五）。　◆与：「……に対して」の意。　◆傾訴衷腸：胸に秘めた思いを訴えかける。　◆千古風流無限事：語り尽くせない昔の英雄の事績。

金字経　浮生秋涼
和詩仙

金字経　浮生秋涼
詩仙に和す

この「金字経」詞は二〇一五年八月中旬に深圳で作ったもの。その初秋の朝、たまたま詩仙李白の「秋風」詞に行き着いた。「秋風 清く、秋月 明らかに、落葉 聚りて還た散じ、寒鴉 棲みて復た驚く。相い親しみ相い見るは 知んぬ 何れの日ぞ、此の時 此の夜 情を為し難し。我が相思の門に入れば、我が相思の苦を知らん、長く相い思えば 長く相い憶う、短く相い思えば 窮極する無し、早に此くの如く人の心に絆るを知れば、当初 相い識ること莫きに何如ぞ」というものである。時は移ろいやすく人生はあまりにも短い。人はたとえしばし幸せな思いに浸ることがあっても、またしばし悲しい思いに苛まれるもの。これらは如何ともしがたい。そのような思いに恍惚となる中、何はともあれ、ようやく暑さが収まり秋の好時節を迎えたのだ、と独りごちたのである。

浮生忘短長、無窮逝流光、
　憶歓聚又嘆離傷
茫、無君有彷徨
秋意来、清夢好箇涼

浮生 短長を忘れ、無窮 流光 逝き、
　歓聚を憶いて 又た離傷を嘆く
茫たり、君の有る無く彷徨す
秋意 来たり、清夢 好箇の涼なり

［語釈］

◆金字経：詞牌の名。　◆浮生：一一八頁［語釈］参照。　◆詩仙：唐の李白の尊称。　◆無窮逝流光：終わることなく永遠に時は過ぎ行く、の意。　◆憶歓聚：恋人や親しい友人と楽しく過ごしたことを思い出す。　◆離傷：七八頁［語釈］参照。　◆茫：茫然自失となること。　◆彷徨：あてもなくさまよう。　◆秋意来：秋めいてくること。　◆好箇：「素晴らしい一つの……」の意。

点絳唇　縁眸
和席慕蓉

点絳唇(てんこうしん)　縁眸(えんぼう)
席慕蓉(せきぼよう)に和す

この「点絳唇」詞は二〇一五年八月八日に深圳で作ったもの。その日、たまたま席慕蓉(せきぼよう)の現代詩「回眸(かいぼう)」に行き着いた。「仏は説いた。前世である人に五百回視線を送ることが、ようやく今生で一度、その人と肩をかすめてすれ違うことにあがない得るのだと。ならば私は何回あなたに視線を送れば真にあなたの心の中に住まうことができるのだろう」というものである。前世の縁というものは今生へと続き、人は浮き世の内外に因果を求め、蓮華座の前で仏の言葉を聞く。そう、千回でも万回でも視線を送るのである。縁への渇望はいつまでも尽きない。

前世縁仏、回眸千次擦肩過
不如撲火、情蛾化君魄
愁種丁香、花開生寂寞
不結果、甘願夭折、五瓣為卿落

前世の縁仏、眸(ひとみ)を回(めぐ)らすこと千次なるは　肩を擦(す)りて過(す)ぐ
如(し)かず　火を撲(う)つ、情蛾の君(きみ)が魄(たま)に化するに
愁種(しゅうしゅ)の丁香(ていこう)、花　開けば寂寞(せきばく)を生ず
果を結ばず、甘んじて夭折(ようせつ)を願う、五瓣(ごべん)　卿(きみ)が為(ため)に落ちん

［語釈］

◆席慕蓉：台湾の女流詩人（一九四三〜）。四川省に生まれた蒙古族で、共産中国の成立とともに一家で香港に移住、更に台湾へと渡った。◆回眸：ある方向へ視線を送る。振り返る。◆縁仏：仏縁。◆千次：千回。◆擦肩過：肩をかすめて人とすれ違う。◆撲火：蛾が火の明かりに吸い寄せられて、何度も火に接触すること。◆情蛾：火に吸い寄せられる蛾のように、一途に人を思う恋心。◆魄：たましい。◆愁種丁香：愁いの種とされる丁香（クローブ。フトモモ科の植物チョウジノキ）。中国では古来、丁香の蕾（つぼみ）は、鬱屈して解けない愁いの比喩として用いられてきた。◆結果：実を結ぶ。◆夭折：若くして死ぬこと。

点絳唇　忍不住想你
和倉央嘉措

点絳唇　忍び住まらず你を想う
倉央嘉措に和す

この「点絳唇」詞は二〇一五年八月三十一日に深圳で作ったもの。その日の昼、たまたま詩人ツァンヤン・ギャツォ（ダライ・ラマ六世）の「君に会うは忍び得るも、君を想うは忍び得ず」という詩に行き着いた。「トウヒレンの花が咲く、氷の山の頂きに／私には見えないが、思い出すことはできる／記憶の中でも同様に美しい／目にすれば確かに美しいが、記憶の中の美しさには及ばない／君がいた頃は実に美しかった、何にもまして／いない時でもやはり美しい／出会った頃は美しかった、別れた時も同様に美しかった」というものである。この詩の、世に並ぶもののないほどの美しい情愛に心動かされ、この「点絳唇」詞を作って我が心境を述べたのであった。

夢裏無花、芳香国裏君不在
蕙草涙苔、別径砕心踩
想開不開、離花苦相耐
難相見、却還期待、情隔蓮台外

夢裏に花無し、芳香国裏　君在らず
蕙草　涙苔、別径　心を砕いて踩む
想い開くや開かずや、花を離れて　苦しみて相い耐う
相い見い難ければ、却って還た期待す、情は隔たる　蓮台の外に

［語釈］

◆忍不住想你：いけないと思っても我慢できずにあなたを思ってしまう。　◆倉央嘉措：チベットの詩人ツァンヤン・ギャツォ（一六八三〜一七〇六）。ダライ・ラマ五世の死後、チベット南部で探し出され、数え十五歳で沙弥戒を受けてダライ・ラマ六世に即位するが、僧の生活になじめず、一七〇二年に還俗、以後は酒や行きずりの恋に浸り、即興の詩歌を作って楽しんだという。　◆夢裏：夢の中。◆芳香国裏：芳香という国の中。香る花々の世界の内。　◆蕙草：香草の一種。　◆涙苔：涙のこぼれ落ちた苔むす道。　◆別径砕心踩：恋人と別れた後の帰り道は、踏み出す一歩一歩が、まるで心を踏みつけて砕くかのように感じられること。　◆想開不開：あきらめるか否か、の意。　◆相耐：我慢する。耐え忍ぶ。　◆相見：人と会うこと。　◆却：三一頁［語釈］参照。　◆蓮台：仏が座ったと伝えられる台。蓮華座。

点絳唇　歌声
和泰戈爾

点絳唇　歌声
泰戈爾に和す

この「点絳唇」詞は二〇一六年一月二十六日の早朝に深圳で作ったもの。南国深圳の冬の早朝、残んの月がかかり空が赤く染まり始める頃、友人から贈られたインドの詩人タゴールの「我が歌」という作品を鑑賞していた。「我が歌は君の夢の翼となって、君の心をどこだか判らぬ岸辺へと移すだろう。暗黒の夜が君の行く道をおおう時は、我が歌は更に君の頭上を照らす忠実なる星にもなるだろう。我が歌はまた君の目の瞳の中に座り、君の視線を万物の心の中に誘うであろう」というものである。この詩の歌声に突き動かされ、我が胸の内はあたかも朝日に照らされた空のようにどこまでも広がり、我が魂はあたかも空の色を映す青い水のようにどこまでも澄みわたり、またあたかも歌声に溢れる春のように我が心に詩情がとめどなく湧き出て来たのであった。このタゴールの詩に感動した結果、即興でこれに唱和する作をものした次第である。

心動如渓、随君低唱流千里
只為尋你、歌声做夢翼
誰的眼睛、如星照清宇

心動くこと渓の如く、君に随って低唱すれば　千里に流る
只だ你を尋ぬるが為に、歌声　夢の翼と做る
誰の眼睛ぞ、星の如く清宇を照らす

天之曲、綺靡旋律、今夜何爍麗

天の曲、綺靡(きび)たる旋律、今夜 何ぞ爍麗(しゃくれい)たる

［語釈］

◆泰戈爾：インドの詩人ラビンドラナート・タゴール（一八六一～一九四一）。ベンガル州カルカッタの名門の家に生まれ、十七歳の時にイギリスに留学。帰国後、自ら学校を設立し教育に尽力するとともに詩作を行う。ベンガル語の詩集『ギーターンジャリ』を自ら英訳して刊行し、これが評価されて一九一三年にノーベル文学賞を授与された。 ◆渓：五九頁［語釈］参照。 ◆低唱：五五頁［語釈］参照。 ◆眼睛：目のこと。 ◆清宇：澄んだ宇宙。 ◆綺靡：麗しいこと。 ◆何爍麗：何と麗しく輝いていることだろう、の意。

点絳唇　生命力

点絳唇（てんこうしん）　生命力

この「点絳唇」詞は二〇一六年二月八日に、日本の東京近郊にある海辺のホテルで作ったもの。春節休みを利用して日本に渡り、潮の満ち引きや流れる雲をのんびり眺めたり、気ままに海辺をジョギングしたり、また寄せる波に戯れ飛ぶ鷗を追いかけたりして過ごした。すると我が夢想は大いに羽ばたき、我が生命を大いに奮い立たせたのであった。このような比類なき生命力というものに心動かされ、この詞を作ってかくも麗しい感覚を書き残そうとしたのであった。

屹立千年、礁嶼一諾何堅毅
只為潮汐、澎湃海巒曲
縦翔海鷗、飛在希望裏
去尋覓、無限海域、閃耀生命力

屹立（きつりつ）すること千年、礁嶼（しょうしょ）一諾（いちだく）何ぞ堅毅（けんき）なる
只（た）だ潮汐（ちょうせき）の為（ため）に、澎湃（ほうはい）たり海巒（かいらん）の曲
縦翔（しょうしょう）せる海鷗（かいおう）、飛びて希望の裏（うち）に在り
去（ゆ）きて尋ね覓（もと）めん、無限の海域、閃耀（せんよう）せる生命力を

［語釈］

◆礁嶼：海の中から突き出た岩礁。　◆一諾：ひとたび承諾すること。　◆何堅毅：承諾したことを何と堅く守るのだろうか、の意。　◆潮汐：波が寄せては返すこと。波の満ち引

き。◆澎湃：多くの波が音を立てて打ち合うさま。◆海巒：海の中の山。岩礁を指す。◆縦翔：ほしいままに空を飛ぶこと。◆海鷗：カモメ。◆閃耀：まぶしいほど光り輝くこと。

点絳唇　翔泳

点絳唇　翔泳

この「点絳唇」詞は二〇一四年九月下旬にシンガポールのマリーナベイホテルで作ったもの。その時のシンガポール旅行では地上二百メートルの屋上プールを有するこのホテルに宿泊した。黄昏時にこの世界で唯一の天空プールでのんびり泳いでいると、夕焼けの色が水面にたゆたい、天上世界にあるという伝説の「天池」もかくやと思われた。更に月が昇り始めると、プールは夢幻の趣におおわれ、そこで泳いでいるとあたかも大空を翔る鳥のような、あるいは海底を泳ぐ鯨のような、空と水との間を思いのままに行き来するかの気分であった。しばし日常を忘れさせる陶然たる一時を過ごしたのである。

夢裏瓊瑤、酔爛煙霞漫星宇
水天無際、幻泳如翔与
月色凌波、綺麗知幾許
雲霄処、明珠翠羽、浮遊随心取

夢裏の瓊瑤、酔爛　煙霞　星宇に漫る
水天　際無く、幻泳　翔与するが如し
月色　波を凌ぎ、綺麗なること　知んぬ幾許ぞ
雲霄の処、明珠　翠羽、浮遊して心に随って取らん

［語釈］

◆翔泳…元来は、空を飛ぶ鳥と水を泳ぐ魚と――を指す。ここでは、空を飛ぶかのような天空

プールでの泳ぎをいう。　◆夢裏：一五三頁［語釈］参照。　◆瓊瑤：宝玉のように美しい世界。ここでは崑崙山（こんろんさん）の頂きにあるという伝説の池「瑤池（ようち）」を指す。　◆酔瀾：人を酔わせる波。酒のように芳醇な香りを放つ水。　◆煙霞：四四頁［語釈］参照。　◆星宇：星空。　◆水天無際：水面と空との境目がどこにあるのか判らないこと。　◆幻泳：夢幻の世界で泳ぐこと。　◆翔与：羽ばたくことなく滑空すること。　◆月色：八六頁［語釈］参照。　◆凌波：波立つ水面を渡ること。　◆知幾許：さて一体どれほどであろうか、の意。　◆雲霄：雲の浮かぶ空。　◆明珠翠羽：明るく輝く真珠と翡翠の羽と。ここでは、宝石のように美しい星々を指す。　◆随心：思いのままに。

唐多令　蝶之泳

唐多令　蝶の泳ぎ

この「唐多令」詞は二〇一五年十一月初めに深圳で作ったもの。季節は晩秋となっていたが、南国深圳ではあたかも春のように花々が咲き乱れていた。楽しげに風に揺れる胡蝶蘭や艶やかな紫陽花、あどけなく群れて咲く雛菊などを目にしているうちに、我が身はあたかも海底世界にあるかのような恍惚とした思いになった。五色の胡蝶蘭は色とりどりの海洋魚、紫陽花は赤い珊瑚、雛菊は青い海底世界のあちこちに咲く海羊歯の類、そして紫陽花の上に舞う蝶は珊瑚に戯れる魚という幻想であり、これは何と天真爛漫なる世界であろうか。魚に非ずして魚の楽しみを知り得た荘子よ、これを羨ましく思うのではないか。

玲瓏俏翩躚、蝶舞繡球蘭
似魚児嬉遊瑚珊
雛菊鑲翡凝翠瀾、在海底、在花間
綺夢何斑斕、錦鱗戯蝶歓
貝殻嵌出彩球団
蝴蝶可做魚児楽、問荘子、驚羨焉

玲瓏俏として翩躚、蝶 繡球蘭に舞う
魚児の瑚珊に嬉遊するに似たり
雛菊 翡を鑲して翠瀾を凝らす、海底に在るや、花間に在るや
綺夢 何ぞ斑斕たる、錦鱗 蝶に戯れて歓ぶ
貝殻 嵌し出す 彩球の団
蝴蝶 魚児と做りて楽しむ可し、荘子に問う、驚きて焉を羨むかと

［語釈］

◆玲瓏：四九頁［語釈］参照。◆俏翩躚：麗しくひらひらと舞うさま。◆繡球蘭：紫陽花。現代中国語では「繡球花」という。ここでは押韻のため「繡球蘭」とした。◆嬉遊：戯れ遊ぶ。◆雛菊：ヒナギク。キク科の多年草。デイジー。◆鑲翡：翡翠の羽を表面に埋め込んで飾る。◆翠瀾：青い波。ここでは、グラデーションのある緑の模様。◆花間：咲く花々の間。◆綺夢：一三五頁［語釈］参照。◆何斑斕：何と色とりどりできらびやかなことだろう、の意。◆錦鱗：一〇四頁［語釈］参照。◆嵌出彩球団：こんもりと咲く紫陽花は、まるで貝殻を砕いて象嵌（ぞうがん）細工を施したかのようだ、の意。◆荘子：戦国時代の思想家。ここでは、『荘子』秋水篇の故事を踏まえる。四七頁［語釈］「非魚知魚楽」参照。

唐多令　安息

唐多令（とうたれい）　安息

この「唐多令」詞は二〇一五年三月三十一日に深圳で作ったもの。清明の二日前に当たるこの日、妻の母親が不幸にして世を去った。温厚善良なる義理の母の人となりを思い、特にこの詞を作って哀悼の思いを寄せ、天国での安息を願ったのである。

月懸一葉船、紅燭照惆眠
莫巻簾、怕聴啼鵑
心字香焼冥思乱、梅枝断、横窓前
一杯流霞酣、幾片落英甜
天圃中、蘭香山南
世外有生君得道、祥雲落、醒得蘭

月は懸（か）く一葉（いちよう）の船、紅燭（こうしょく）惆眠（ちゅうみん）を照らす
簾（すだれ）を巻くこと莫（な）かれ、啼鵑（ていけん）を聴くを怕（おそ）る
心字香（しんじこう）焼かれ冥思（めいし）乱（みだ）る、梅枝（ばいし）断（お）れ、窓前に横たわる
一杯の流霞（りゅうか）酣（たけなわ）にして、幾片（いくへん）の落英甜（あま）き
天圃（てんぽ）の中（うち）、蘭は山南に香る
世外（せいがい）に生（せい）有り君（きみ）道を得たり、祥雲落（お）つれば、醒（さ）めて蘭を得ん

［語釈］
◆月懸一葉船：空に懸かる三日月が、まるで一艘の船のように見えること。　◆紅燭：三一一頁［語釈］参照。　◆惆眠：痛ましい眠り。息を引き取って永遠の眠りにつくこと。
◆啼鵑：鳴く杜鵑（ほととぎす）。中国の伝説では、杜鵑は古代の蜀王杜宇（とう）の魂が鳥に化したものといわ

れる。また、その鳴き声は「帰るに如かず」(帰った方が良い)と聞こえ、ここでは、死者に黄泉の世界に帰った方が良いと勧めるのを恐れる、という意図も込められている。◆心字香…「心」字の形に整形した線香。◆冥思…暗澹たる思い。◆流霞…九〇頁[語釈]参照。◆酣…ほろ酔いになること。◆落英…一八頁[語釈]参照。◆天圃…天上の神仙世界。◆世外有生…来世にまた別の人生があること。◆祥雲落…おめでたい雲が地上に降りること。◆得蘭…春秋時代、鄭の文公の妾の夢に天の使者が現れて蘭を与えると、その妾は懐妊した伝えられることから、ここでは輪廻転生することを暗示する。

唐多令　情沙

この「唐多令」詞は二〇一五年一月三十一日に深圳で作ったもの。この冬の日の早朝、霧が立ち込める屋外に朝日が差し始めて空が赤く染まると、突然、昔のことが思い出された。月日は流れる水の如く過ぎ去って行くが、その波瀾の中に人生は翻弄され、波が収まれば人の情は水底に沈み、如何ともしがたいという悲しみだけが残されるのである。

唐多令　情沙

冉冉雲中霞、寞寞霧間花
夢幾回、端的似她
流光逝尽千百度、知何処、問天涯
旧雁復還家、双鬢已斑華
多少年、君来了嗎
余生如水東去也、浪已尽、情沈沙

冉冉たる雲中の霞、寞寞たる霧間の花
夢みること幾回ぞ、端的として她に似たり
流光 逝き尽くすこと千百度、知んぬ 何の処にか、天涯を問わん
旧雁 復た家に還れば、双鬢 已に斑華たり
多少の年ぞ、君 来たれるか
余生 水の如く東のかた去るや、浪 已に尽き、情は沙に沈む

［語釈］

◆冉冉：緩やかに変化するさま。 ◆雲中霞：雲の中にある赤みを帯びた雲気。朝焼け・夕焼けを形作るもの。 ◆寞寞：ひっそりとしているさま。 ◆端的：はっきりしている

さま。　◆她・・彼女。　◆流光・・流れ行く月日。　◆知・・下に疑問詞を伴い、「さて一体……だろうか」の意。　◆天涯・・天の果て。　◆旧雁・・以前にも渡って来た雁。　◆双鬢・・

左右のもみあげ。白髪が真っ先に目立ち始める部分。　◆斑華・・白髪混じりの髪。　◆多少年・・どれほどの年月。

声声慢　両心換過

声声慢　両心　換過す

この「声声慢」詞は二〇一五年六月十六日に深圳で作ったもの。この日の黄昏時、「我が心を換えて、你が心と為せば、始めて知る　相い憶うことの深きを」という詩句（晩唐・顧敻「訴衷情」詞）にたまたま行き会った。遠く離れて夢の中でしか出会えない恋人同士は、ただ互いに相手を思って心を慰めるしか術がないことに思いを致すと、溜息をつくほど深い感慨に浸り、この「声声慢」詞を作って我が思いを寄せることにしたのであった。

酔眠懸月、夢渡銀河、
　愁成清夜冷色
孤雁息声、怎的空巣耐得
窓横斑竹修影、揺曳間、浮生掠過
那堪憶、良宵共綺靡、纏綿時刻
暁来一枕離索、雲散流星落、
　魂驚神蟄
心有霊犀、昨夜情長夢弱
誰伝千里心事、声声慢、訴予卿説

酔うて懸月に眠り、夢に銀河を渡れば、
　愁いは清夜の冷色を成す
孤雁　声を息む、怎的で空巣　耐え得んや
窓に斑竹の修影　横たわり、揺曳の間、浮生　掠め過ぐ
那ぞ憶うに堪えんや、良宵　綺靡を共にし、纏綿たる時刻を
暁来　一枕　離索たり、雲　散じて　流星　落ち、
　魂　驚き　神　蟄る
心に霊犀有り、昨夜　情　長く　夢　弱し
誰か千里の心事を伝えん、声声慢、卿に訴予して説かん

相思苦、不如把、両心換過

相思の苦、両心を把(と)りて、換過(かんか)するに如(し)かず

［語釈］

◆声声慢：詞牌の名。　◆両心換過：二人の心を互いに入れ替える。　◆懸月：五五頁［語釈］参照。　◆孤雁：九六頁［語釈］参照。　◆息声：鳴き止む。　◆怎的：四五頁［語釈］参照。　◆空巣耐得：がらんとした巣の中で一人寝ることに耐え得る。　◆斑竹：一二二頁［語釈］「青竹涙斑斑」参照。　◆修影：長く伸びた影。　◆揺曳：揺らめく。　◆浮生：一一八頁［語釈］参照。　◆那堪憶：思い起こすことにどうして耐えられようか、の意。　◆良宵共綺靡：素晴らしい夜に美しい風景をともに楽しむ。　◆纏綿時刻：互いに愛し合う時。　◆暁来：夜明けになると、の意。　◆魂驚：はっと我に返ること。　◆離索：ひとりぼっちで過ごすこと。　◆神蟄：意気消沈すること。　◆心有霊犀：恋人同士の心が通じ合う喩え。中国では古来、犀(さい)の角(つの)には不思議な霊力が宿っていると信じられてきた。ここでは、盛唐・李商隠(りしょういん)の「無題二首」其の一に「心に霊犀有り　一点　通ず」とあるのを踏まえる。　◆千里心事：遠く離れ離れとなった際の悲しい思い。　◆訴予卿説：あなたに訴えかけて聞かせたい、の意。　◆把：「……を」の意。

白色恋人　　白い恋人

この「白色恋人」は二〇一五年一月七日に深圳で作ったもの。その日の早朝、冬の北海道で見た光景を思い出した。白い鶴が乱舞するかのように空全体に雪が舞い、原野はあたり一面の銀世界となっていたが、その中に梅の花がひっそり綻び、春の息吹が密かに湧き出でていた。その光景を回想しているうちにふと、北海道の銘菓「白い恋人」を連想し、甘い恋心のような思いが胸に湧いてきた。そこでこの「白色恋人」詩が出来上がったのである。

夢綺靡、随心浮遊誰記
漫天飛羽鶴舞疾、絨落鬢髻
流風回雪披錦衣、冷処唯卿艶麗
琳瑯樹、碧凝渓、飛瀑垂氷懸繋
千岩万丈素莽莽、却聞暗香
衆芳倶眠梅猶綻、紅了銀谷銜壁
雲破月出星宿谷、依稀見、
　神秘蹤跡、白鹿滑車飛至、
載去童話伝奇、忘却今夕何夕、

夢 綺靡たりて、心に随って浮遊するに 誰か記せん
漫天の飛羽 鶴舞 疾く、絨 鬢髻に落つ
流風 回雪 錦衣を披て、冷やかなる処 唯だ卿のみ艶麗たり
琳瑯たる樹、碧 渓に凝り、飛瀑 氷を垂れて懸繋す
千岩 万丈 素にして莽莽、却って暗香を聞く
衆芳 倶に眠るに 梅 猶お綻び、銀谷を紅くせしめ了りて壁を銜む
雲 破れて 月 出で 星は谷に宿るに、依稀として見る、
　神秘の蹤跡、白鹿の滑車 飛び至り、
童話伝奇を載せ去く、忘却す 今夕は何れの夕べなるを、

［語釈］

◆綺靡：一五五頁［語釈］参照。　◆記：記憶している、覚えている、の意。　◆漫天：空一面。「満天」に同じ。　◆絨：鳥獣の柔らかい毛。　◆鬢髻：結い上げた髪。　◆回雪：風に吹かれて乱れ飛ぶ雪。　◆披錦衣：錦の美しい着物を羽織る。　◆琳瑯樹：白い雪をかぶって宝玉のように美しく輝く木々。
◆碧凝渓：渓流の水が濃い青色を呈すること。　◆飛瀑：滝。　◆懸繋：高く掛かる。
◆千岩万丈：高く聳える岩山。　◆素莽莽：白く、かつ高く聳えるさま。　◆却：三一頁［語釈］参照。　◆聞暗香：梅の香りを嗅ぐ。

仙蹤の裏

◆衆芳：多くの花々。　◆紅了銀谷銜壁：切り立った崖にへばりつくように梅の木が生え、花を咲かせて白銀の谷間を赤く染めてしまう、の意。　◆依稀見：ぼんやり見えること。
◆蹤跡：足跡。　◆白鹿滑車：白い鹿が引く橇。　◆今夕何夕：今夜は世間ではどの日の夜に当たるのか。俗世の日常生活を忘れさせるような美しい風景に出会った際の常套語。『詩経』〈唐風〉「綢繆」詩に「今夕は何れの夕ぞ／此の良き人を見る」とあるのを踏まえる。　◆仙蹤裏：仙人の足跡を辿るうちに、の意。

酔花間　海恋

酔花間　海の恋

この「酔花間」詞は二〇一四年一月十五日に海南島の最南端にある三亜で作ったもの。空一面が夕焼けで赤く染まる時分、興に任せて波打ち際をジョギングしていると、長年波に洗われて褐色の珊瑚のように変じた水際の岩が、夕日の射す中、あたかも金の鍍金を施されたかのようにきらきら輝き、沖合には漁を終えて帰って来る漁船がちらほら眺められた。長い歳月の中で町の姿は様々に変化していくが、波の花が宙に舞い椰子の並木が風に吹かれるこの地の光景だけは、昔と変わらぬままなのであった。

海吻大地天涯暖、長浪和椰韻
潮起湧銀沙、潮落沁唇印
流霞溢礁金、珊瑚淌貝錦、夕陽掛帆近
澎湃万里送船帰、亘古情、濤不尽

海は大地に吻して天涯暖かく、長浪 椰韻に和す
潮起ちて 銀沙湧き、潮 落ちて 唇印 沁む
流霞 礁金 溢れ、珊瑚 貝錦 淌れ、夕陽 掛帆 近し
澎湃として 万里 船の帰るを送る、亘古の情、濤 尽きず

［語釈］
◆酔花間：詞牌の名。　◆海吻大地：海の波が大地に接すること。　◆天涯：一六五頁［語釈］参照。　◆長浪：遠くから押し寄せる波。　◆和椰韻：風に吹かれて鳴る椰子の葉音に波

の音が唱和する。◆銀沙：白銀色の砂。白波にかき乱される砂。◆潮落：波が引くこと。◆沁唇印：キスマークが染みこむ。波が引いた砂浜に波の痕が残ることの比喩。◆流霞：三九頁［語釈］参照。◆溢礁金：海から突き出た岩礁を照らして金色に染めること。◆貝錦：砕いた貝殻を表面にちりばめる装飾。◆掛帆：帆掛け舟。◆澎湃：一五七頁［語釈］参照。◆亘古：昔を振り返る。昔から今に至るまで。◆濤不尽：どれほど波が押し寄せようとも洗い尽くせない、の意。

酔太平　朝霞

酔太平　朝霞

この「酔太平」詞は二〇一五年の十月初め、アメリカに留学している子供達に会いに行った時に作ったものである。ある晴れた朝、一面の朝焼けで空がまるで金粉をまいたかのようなバラ色に染まるのを目にした。さながら天上世界にあるという池に桜吹雪が吹き寄せたかのような、あるいはエデンの園に無数の蝶が群舞するかのような、はたまたビロード色の美酒を流れる雲に撒いたかのような光景であった。瞬く間にその夢幻の詩的景緻に酔いしれ、筆を揮ってこの詞を作り上げたのである。

玫瑰の天空、朝雲 東に酔う
美鳳 舞い動きて 羽裳 紅く、風情 何ぞ万種たる
芳菲菲として 一渓 墜桜 雲に随って湧き、
　斑陸離として 伊甸 群蝶 花を追って夢み、
　瓊漿を傾けて 満樽の天醸 卿が為に濃し、
誰か晨の為に唱誦せん

玫瑰天空、朝雲酔東
美鳳舞動羽裳紅、風情何万種
芳菲菲一渓墜桜随雲湧、
　斑陸離伊甸群蝶追花夢、
　傾瓊漿満樽天醸為卿濃、
誰為晨唱誦

［語釈］

◆朝霞：朝焼け。　◆玫瑰：薔薇（ばら）。　◆美鳳：美しい鳳凰。　◆羽裳：羽衣（はごろも）。　◆風情：風雅な趣。　◆何万種：何と様々であろうか、の意。　◆芳菲菲：香りの濃いさま。　◆一渓：渓流全体。　◆墜桜：散り落ちる桜の花びら。　◆斑陸離：入り乱れて分散するさま。　◆伊甸：四五頁［語釈］参照。　◆瓊漿：五九頁［語釈］参照。　◆満樽天醸：酒樽になみなみと蓄えられた天の酒。　◆晨：朝。　◆唱誦：歌いたたえる。

臨江仙　一簇傾晨　　臨江仙　一簇 晨に傾く

この「臨江仙」詞は二〇一六年四月二十五日に深圳で作ったもの。この晩春の日の早朝、窓の前に立つと、まさに「緑肥え 紅痩す」る時節であり、夢のように儚く花びらは風に舞い、霧が一面に立ち込め、遠くの山は黛のように緑の色を深め、朦朧たる煙雨がそれをおおっていた。窓辺には花瓶の中に満開の芍薬の花が生けられ、馥郁たる香りを放っており、その香りにしばし陶酔し、自ずと心が引かれたのであった。

扶光早出争位、薄露小恨熹微
雲散復又為卿回、香吻猶回味、
　晨月不舍帰
今晨別問誰酔、雨霽流芳如霏
無限煙霞倣蕊飛、裙前衆競媚、
　却見珠簾垂

扶光 早に出でて位を争うも、薄露 小しく熹微なるを恨む
雲 散じて 復た又た卿の為に回り、香吻 猶お回味あり、
　晨月 舍てて帰らず
今晨 問う別れ 誰か酔うと、雨 霽るれば 流芳 霏の如し
無限の煙霞 蕊の飛ぶが倣し、裙前 衆 媚を競うも、
　却って見る 珠簾の垂るるを

［語釈］

◆一簇傾晨：一むらの花が花瓶の中で朝に傾 ── いている。　◆扶光：太陽の光。中国では古

来、太陽は東の果てにある扶桑の樹を昇って空に出ると考えられてきた。◆争位：雨雲と場所の争いをする。◆薄露：うっすらと窓ガラスに付いた露。◆小恨熹微：太陽の光が弱々しいことを少し残念に思う。東晋・陶淵明（とうえんめい）の「帰去来の辞」に「晨光（しんこう）の熹微なるを恨む」とあるのを踏まえる。◆復又：ふたたびまたもや。◆香吻：良い香りの口づけ。◆回味：後味（あとあじ）。◆晨月：朝になっても沈まない月。◆不舍帰：後ろ髪引かれて帰れないでいる、の意。◆今晨：六七頁［語釈］参照。◆流芳如霏：靄（もや）のように良い香りが漂うこと。◆煙霞：四四頁［語釈］参照。◆倣蕊飛：赤い花びらが空を飛ぶかのようだ。◆裙前：スカートの前。◆衆競媚：多くの花々が媚びを競う。◆却：三一頁［語釈］参照。◆珠簾：真珠を連ねて作った簾（すだれ）。

風入松　青春不老乾坤有道

この「風入松」は二〇一六年五月四日に上海で作ったもの。時に「五四青年節」（一九一九年五月四日に北京で数千人の学生が行った抗日・反帝国主義運動の記念日）に当たり、早朝のジョギングから帰った後、『資治通鑑』を開いて読み進め、感得するところがあるごとに大声で朗誦した。我が先哲の偉大なる知恵に感服し、波瀾万丈の歴史の流れを眺めつつ、揺るぎなき今日の太平のさまを目の当たりにすると、我が心中に雄々しい激情が澎湃と湧き起こり、若々しい生命力が沸々と芽生える感じがして、この「風入松」を一気に作り上げたのである。

乾坤有道万物斉、経緯天地極
大千瞬息随万変、斡旋運籌知天機
折衝致勝千里、樽俎談笑容儀
仰睇天路識盈虚、心行力合一
俯挽風雲昆侖倒、坐地日転星月移
五岳無心競秀、四海随意潮汐

風入松　青春 老いず 乾坤 道有り

乾坤 道有れば 万物 斉しく、天地の極を経緯す
大千 瞬息 万変に随い、斡旋し籌を運らして天機を知る
折衝して勝ちを千里に致し、樽俎 談笑の容儀
天路を仰睇して盈虚を識れば、心 行 力 合一す
俯して風雲を挽けば 昆侖 倒れ、地に坐して日 転じ 星月 移る
五岳 無心にして秀を競い、四海 随意に潮汐あり

［語釈］

◆乾坤有道：天地の間には自然の摂理を統べる「道」が存在する、の意。荘子の思想に基づく。　◆万物斉：この世界にある全ての物は、自然の摂理を統べる「道」の観点から見れば全て等価である、の意。　◆経緯天地極：天地の両端を正し治める。　◆大千：仏教語。「三千大千世界」の略。広大無辺の世界をいう。　◆瞬息：ほんのわずかな間。一瞬。　◆万変：様々に変化する。　◆斡旋：切り盛りする。　◆運籌：あれこれ考えを巡らす。　◆天機：自然の造化の働き。　◆折衝：敵を撃退する。　◆致勝千里：作戦を戦場から遠く離れた本営で練りながら、戦地の敵の動きをことごとく看破して勝利を引き寄せる。　◆樽俎談笑：酒を飲みながら談笑する。　◆容儀：立ち居振る舞い。　◆仰睇天路：空を仰いで天道を観察する。　◆識盈虚：物事の盛衰の法則を察知する。　◆心行力合一：心と行いと力とが一つに合わさる。　◆俯挽風雲：下を向いて流れる雲を引き寄せる。　◆昆侖：四一頁［語釈］参照。　◆日転星月移：月日が推移する。　◆五岳：六一頁［語釈］参照。　◆競秀：高さを競う。　◆四海：四方の海。　◆潮汐：一五六頁［語釈］参照。

風敲竹　懐旧　　　風敲竹　懐旧

この「風敲竹」詞は二〇一六年二月二日の深夜に深圳で作ったもの。真冬の凍てつく夜に、ひとり灯火を前にして茫然と過ごしていると、ふと悲しみが湧いてきた。往時を振り返れば、すでに若かりし頃の自分ではなく、華やかな青春時代はとうの昔に過ぎ去り、いくばくかの寂しさ、心細さに苛まれた。しかし未来を展望してみれば、きらきらと雪が舞いつつも、風は梅の香りを送り来る。詩を吟じ賦を作れば、心の中に寒さを排して梅の花が咲く。それを思えば、これまた楽しいことなのだ。

夢堕霜中竹、聞琵琶、瑟瑟低訴、
　曲近人無
化作小渓尋卿去、猶識橋辺旧屋
依希間、燭照詩書
更那堪、人非物是、流光寒、
　冬月浸氷壺
対清影、隻身孤
星散砕瀉銀河渡、夜茫茫、

夢は霜中の竹に堕ち、琵琶を聞けば、瑟瑟として低く訴う、
　曲　近きも　人　無し
化して小渓と作りて卿を尋ね去かん、猶お識る　橋辺の旧屋を
依希たる間、燭　詩書を照らす
更に那ぞ堪えんや、人は非にして物は是なるに、流光　寒く、
　冬月　氷壺に浸る
清影に対すれば、隻身　孤なり
星　散じ砕けて　銀河に瀉ぎて渡る、夜　茫茫たり、

一剪梅、破寒出
聴雪吟詞賦

風来雪作玲瓏舞、伊人、
上下是、翩翩装束
更攬愁雲作羅帳、喚来鶴羽衾服
今棲何処、星宿晶湖

一剪の梅、寒を破りて出でん
雪を聴きて詞賦を吟ず

風 来たりて 雪 玲瓏の舞いを作し、伊の人を思い、
上下は是れ、翩翩たる装束なり
更に愁雲を攬して羅帳と作し、鶴羽の衾服を喚び来たらん
今 何れの処にか棲む、星は晶湖に宿る

［語釈］

◆風敲竹：詞牌の名。　◆霜中竹：寒気の中の竹。　◆瑟瑟：五一頁［語釈］参照。　◆小渓：小さな渓流。　◆猶識：今もなお見覚えがある。　◆依希：「依稀」に同じ。九七頁［語釈］参照。　◆燭：灯火。　◆人非物是：周りの物は昔のままだが、人だけは変わってしまい、もはや昔の有様ではない、の意。　◆流光：七八頁［語釈］参照。　◆浸氷壺：氷でできた壺の中に浸される。冷涼感溢れるさま。　◆清影：清らかな光。　◆隻身：一四五頁［語釈］参照。　◆茫茫：ここでは、果てしなく続くさま。　◆晶湖：光を浴びてきらきらと輝く湖。　◆攬愁雲：悲しみを誘う雲をたぐり寄せる。　◆羅帳：綾絹の帳。　◆喚来鶴羽衾服：鶴を呼んで来てその羽を布団代わりにする、の意。　◆翩翩装束：ひらひらと風に舞う衣装。羽衣を言う。　◆玲瓏舞：白く輝くものが舞う舞。　◆一剪梅：切り取ってきた梅の一枝。　◆破寒出：寒さを打ち破るかのように蕾が綻ぶこと。

清平楽　徳州撲克

清平楽（せいへいがく）　徳州撲克（テキサスポーカー）

この「清平楽」詞一首は二〇一三年十二月二十四日に深圳で作ったもの。この冬の日、清華大学金融学院の同窓生が我が南国深圳に集い、興に乗じてみんなでテキサス・ホールデム・ポーカーを楽しむことになった。葉巻を吸いながらあれこれ思いをめぐらすのだが、無表情（ポーカーフェイス）を装ってはいても実は心の中は始終ドキドキしていた。その様は中国古代の名著『孫子』や『三国志演義』などを連想させ、そこでこの一首を作って座興に添えたのであった。

運籌幃幄、雪茄燃撲克
司馬雄兵猶困惑、諸葛空城寂寞
金戈鉄馬烽煙、孫子兵法神閑
智斟慮酌港衡権、天機暗蔵江山

籌（ちゅう）を幃幄（いあく）に運（めぐ）らし、雪茄（シガー）　撲克（ポーカー）を燃やす
司馬（しば）の雄兵　猶（な）お困惑す、諸葛（しょかつ）の空城（くうじょうせきばく）　寂寞たり
金戈（きんか）　鉄馬（てつば）　烽煙（ほうえん）、孫子の兵法　神（しん）は閑（かん）たり
智斟慮酌（ちしんりょしゃく）して衡権（こうけん）す、天機　暗（ひそ）かに江山（こうざん）に蔵（かく）さる

［語釈］

◆徳州撲克…テキサス・ホールデム・ポーカー。世界的に最もポピュラーなポーカー。

配られる二枚の手札と、場に出される五枚の場札を組み合わせて役を作る。　◆運籌幃幄

…帳の巡らされた軍営の中で戦略を練る。漢の劉邦がその軍師張良を評した言葉に基づく、◆雪茄…葉巻。英語 cigar の音訳。◆撲克…ここでは、トランプを指す。◆司馬雄兵…三国・魏の軍師司馬懿仲達配下の勇猛な兵士。◆諸葛空城…三国・蜀の軍師諸葛亮孔明が用いた奇策「空城の計」。蜀軍が野戦で魏軍に敗れて敗走する際、諸葛亮は城に引きこもって門を開け放ち、兵士達を隠して自ら一人楼台に上って琴を奏でた。司馬懿は諸葛亮の奇策を恐れて敢えて兵士を城内に踏み込ませなかったという。◆金戈…金属製の矛。◆烽煙…六一頁［語釈］参照。◆鉄馬…鉄の鎧を着せた戦闘用の馬。◆神閑…精神状態が穏やかなこと。◆智斟慮酌…知恵を働かせてあれこれ考える。◆衡権…どちらが良いかと秤にかける。◆天機…一七七頁［語釈］参照。◆江山…川や山。大自然をいう。

第三部　寄せては返す波を見つめて　集まり散ずる雲を仰いで

翔賦　翔の賦

この賦は二〇一六年六月十一日に深圳で作ったもの。この日の早朝、友人がシェアしてくれた、朝焼けや夕日の中を多くの鳥が様々に飛ぶ一連の写真群を眺めていた。鳥達はあるいは羽ばたいて空高く飛び、あるいは悠然と空を舞い、あるいは一羽単独で飛び、あるいは対になり群になり飛んでいた。活気に溢れる鳥達の有り余る生命力は、あまりに艶美で麗しく賛嘆するばかりであり、その胸の内を吐露するには賦という長編の作に頼るほかはなかったのである。

日月斉明、福音暖入晨曦
天使悄臨、扶光送誰心語
夢海潮汐、鷗鷺翩翩翔与
日依斜輝、落霞繽紛化羽
仿佛兮似飛虹七彩炫聚、
　斑斕兮似華浪排空追翼
皓鶴凌波、浅酌天湖之碧
玉潭如鑑、美禽仰泳如鱗

日月 斉しく明らかに、福音 暖かく晨曦に入る
天使 悄かに臨み、扶光 誰が心語を送れる
夢海 潮汐ありて、鷗鷺 翩翩として翔与す
日は斜輝に依る、落霞 繽紛として羽に化す
仿佛として飛虹七彩の炫聚するが似く、
　斑斕として華浪の空を排して翼を追うが似し
皓鶴 波を凌ぎ、天湖の碧を浅酌す
玉潭 鑑の如く、美禽 仰泳すること鱗の如し

藍波映翠、魚児欲与鵲飛
水天一色、詩裏遡遊遡迴
乾坤変幻、神魂欲去還留
桂棹蘭槳、鳳凰浮遊如舟
壮志凌雲、鴻鵠無心出岫
万仞擎天、鯤鵬扶遙神州
嗟夫、無限風光、羽化此賦而翔

藍波 翠に映じ、魚児 鵲と飛ばんと欲す
水天 一色、詩の裏に遡遊し遡迴す
乾坤 変幻し、神魂 去って還た留まらんと欲す
桂棹 蘭槳、鳳凰 浮遊すること舟の如し
壮志 雲を凌ぎ、鴻鵠 無心にして岫を出ず
万仞 天を擎え、鯤鵬 神州に扶遙す
嗟夫、無限の風光、此の賦を羽化せしめて翔けん

［語釈］

◆賦：文学形式の一つ。戦国時代に生まれ、漢代に全盛を迎えた。本来メロディーを伴って唱われた歌謡がやがて朗誦される韻文となり、更に初めから文字によって書き記され、韻文と散文の中間的な形式の、読むための文学作品として定着したもの。賦を作るには、大変高度な漢字の知識を必要とし、まるでモザイクのように難しい漢字をぎっしりと敷き並べ、絢爛豪華な趣きを呈する。◆日月斉明：太陽と月とがともに光を放って空にあること。明け方をいう。◆福音：キリスト教でいうところの福音。門徒に授ける教え。◆晨曦：一二八頁［語釈］参照。◆扶光：一七四頁［語釈］参照。◆心語：心に秘めた言葉。◆潮汐：一五六頁［語釈］参照。◆鷗鷺：カモメやサギ。◆翩翩：風に舞うさま。◆翔与：一五九頁［語釈］参照。◆斜輝：斜めに指す夕日。◆落霞：消えゆく夕焼け。◆繽紛：二七頁［語釈］参照。◆仿佛：おぼろげなさま。何となく似ている

さま。　◆兮：二〇〇頁［語釈］参照。◆飛虹：空に懸かる虹。　◆七彩：七色。◆炫聚：多くのものが寄り集まってまばゆいこと。　◆斑爛：八八頁［語釈］参照。　◆華浪：波しぶき。　◆排空：空を進むこと。　◆皓鶴：一〇八頁［語釈］参照。　◆凌波：一五九頁［語釈］参照。　◆浅酌：少々酒を酌んで飲むこと。　◆天湖：ここでは、天上世界にあるという池「天池（てんち）」を指す。　◆玉潭：美しい淵。「天池」を指す。　◆美禽：美しい鳥。　◆仰泳：背泳ぎ。　◆鱗：魚。　◆藍波：青い波。◆水天一色：水面と空の色が同じ青さを呈すること。　◆遡遊遡迴：九四頁［語釈］「遡迴」「遡遊」参照。　◆乾坤：四二頁［語釈］参照。◆神魂：心。　◆桂棹：桂の木で作った舟の櫂（かい）。　◆蘭槳：木蘭（もくらん）の木で作った舟の櫂。◆凌雲：雲を越えて高く昇ること。　◆鴻鵠：おおとり。白鳥などの類。天高く飛ぶことから、高い志の喩え。　◆無心出岫：高い山の洞穴から雲が賢（さか）しらの心を持たずに湧き出て来る。「岫」は山にある岩穴。東晋・陶淵明（とうえんめい）の「帰去来の辞」に、「雲　無心にして以て岫を出で、鳥飛ぶに倦（う）みて　還（かえ）るを知る」とあるのを踏まえる。　◆万仞：途轍もない高さ。「仞」は古代の長さの単位。　◆擎天：つっかえ棒をするように下から天を支える。　◆鯤鵬：一二四頁［語釈］参照。　◆扶遙：高く舞い上がる。「扶揺」に同じ。　◆神州：三三頁［語釈］参照。◆無限風光：どこまでも限りなく広がる、光と風に溢れる天空。

仙蹤賦　　仙蹤の賦

この賦は二〇一四年十月二十六日に深圳で作ったもの。その日の早朝、映画『オズの魔法使い』の麗しい挿入曲「虹の彼方に（Over the Rainbow）」を聞いていると、しばしうっとりとして、我が思いはいつしか、ユートピア幻想を投影した桃源境やロマン溢れるエデンの園へと飛び、更にオズのお伽の国を目指してドロシー達の後を追いかけて行き、こうしてこの「仙蹤の賦」が出来上がったのである。

何処仙蹤、如幻如夢
璨若紫雲、繁鶩繽紛
回散瑩積、飛聚芷凝
栄曜兮若垂虹之綴翠羽、
　絢煥兮若美谷之宿繁星
風触情而清揚、月承愛而碧明
皓鶴蹈霞而舞、金鳳銜珠而鳴
蘭谷幽幽而蕩楚謡、玉渓潺潺而曲磬
風竹成韻、鳴林天籟、弦桐篁瑟、

何れの処ぞ 仙蹤よ、幻の如く夢の如し
璨若たる紫雲、繁鶩 繽紛たり
回散して瑩積し、飛びて芷に聚まりて凝る
栄曜として垂虹の翠羽を綴るが若く、
　絢煥として美谷の繁星を宿すが若し
風は情に触れて清らかに揚がり、月は愛を承けて碧明たり
皓鶴 霞を蹈みて舞い、金鳳 珠を銜みて鳴く
蘭谷 幽幽として楚謡 蕩れ、玉渓 潺潺として曲磬たり
風竹 韻を成し、林を鳴らす天籟、弦桐 篁瑟たりて、

飛瀑長歌

臨峻崖而松勁、凜疾風而不折
対月峡而柏茂、傲露霜而不阿
桂流芳於懸岫、菊靡香於山椒
堕蘭蕙之醇藹、墜蘅薄之静流
玄芝霊於懸泉、錦鱗嘻於蓮藕
秀木傾潭而生慕、心儀佳人而好逑
集芙蓉為卿之裳、結菌桂而冠鬟秀
凌波兮御舟、遡迴兮遡遊
玉棹兮瓊槳、銀帆兮錦繍
迷離兮神渚、翔集兮沙鷗
仿佛兮若超逸而遺世、
　飄飄兮若羽化而成仙
嗟夫、安得白鹿兮、何尋瑤車白象
載我佳人兮、覓仙蹤而遊遠方

飛瀑　長歌す

峻崖に臨みて松　勁く、疾風に凜たりて折れず
月峡に対して柏　茂り、露霜に傲りて阿らず
桂は芳を懸岫に流し、菊は香を山椒に靡ぐ
蘭蕙の醇藹に堕ち、蘅薄の静流に墜つ
玄芝　懸泉に霊たりて、錦鱗　蓮藕に嘻しむ
秀木　潭に傾きて慕を生じ、心　佳人に儀いて好逑
芙蓉を集めて卿の裳と為し、菌桂を結びて　冠鬟　秀ず
波を凌ぎて舟を御し、遡迴して遡遊す
玉棹と瓊槳と、銀帆と錦繍と
神渚　迷離たりて、沙鷗　翔集す
仿佛として超逸して世を遺るるが若く、
　飄飄として羽化して仙と成るが若し
嗟夫、安くんぞ白鹿を得ん、何にか瑤車白象を尋ねん
我が佳人を載せて、仙蹤を覓めて遠方に遊ばん

［語釈］

◆仙蹤・・仙人の足跡。　◆瑈若・・光り輝くさま。――この「若」字は「然」と同じ用法。　◆繁鶩・・

多くの野鴨。◆繽紛：二七頁［語釈］参照。◆回散：飛び巡って後に散り散りになる。◆瑩積：きらきらと光を放って積み重なる。◆芷：香草の一種。◆栄曜：盛んに輝くさま。◆兮：二〇〇頁［語釈］参照。◆垂虹：六二頁［語釈］参照。◆綴翠羽：翡翠の羽をたくさんあしらう。◆絢煥：美しく輝くさま。◆繁星：九六頁［語釈］参照。◆碧明：青白く光る。◆皓鶴：一〇八頁［語釈］参照。◆霞：朝焼け。◆金鳳：金色の鳳凰。◆珠：真珠。◆蘭谷：蘭の花咲く谷。人里離れた別天地をいう。◆幽幽：五七頁［語釈］参照。◆蕩楚謡：楚の歌声がたゆたう。「楚謡」は戦国時代の楚の辞賦を収める『楚辞』（二〇〇頁［語釈］「屈原」参照）を指す。◆玉渓：一一五頁［語釈］参照。◆潺潺：水のさらさらと音を立てて流れるさま。◆曲磬：曲がりくねる。「磬」は「へ」の字型の石の楽器。ぶら下げたものを叩いて奏でる。◆風竹：風に鳴る竹。◆成韻：音を立てる。◆天籟：二三頁［語釈］参照。◆弦桐：桐のボディに弦を張った琴。◆箜瑟：冷ややかな音の形容。◆飛瀑：一六九頁［語釈］参照。◆峻崖：険しい崖。◆勁：力強い。◆凛疾風：疾風に吹かれても凛として立っていること。◆月峡：月の光の射す峡谷。◆柏：コノテガシワ。ヒノキ科の常緑高木。◆傲露霜：秋の冷たい夜露や霜に耐えること。◆流芳：良い香りを漂わせる。◆懸岫：洞窟のある高い岩山。◆蘭蕙之醇藹：蘭や蕙（香草の一種）をおおう香り良い靄。「藹」字は「靄」に同じ。◆蘅薄之静流：蘅（香草の一種）の群がり生えるところを静かに流れる川。◆玄芝：霊芝（マンネンタケ科のキノコ）の一種。◆霊於懸泉：滝のかかる絶壁に盛んに生える。◆錦鱗：一〇四頁［語釈］参照。◆嘻於蓮藕：蓮の根元で戯れる。◆秀木：高く聳える木。◆生慕：あこがれる気持ちが生まれる。◆心儀佳人：美しい女性と恋に落ちたいと思うこと。◆好逑：良い恋愛相手。◆芙蓉：五七頁［語釈］参照。◆裳：袴。◆菌桂：香木の一種。◆冠鬢：冠をかぶる頭。頭の髪。◆凌波：

一五九頁［語釈］参照。　◆御舟：舟を操る。　◆遡迴：九四頁［語釈］参照。　◆遡遊：九四頁［語釈］参照。　◆玉棹：美しい舟の櫂。　◆瓊槳：美しい舟の櫂。　◆銀帆：白銀色の帆。　◆錦繍：美しい錦の刺繍。　◆迷離：ここでは、おぼろげではっきり見えないさま。　◆神渚：神仙世界の水辺。

◆沙鷗：砂の岸辺に憩うカモメ。　◆仿佛：一八五頁［語釈］参照。　◆超逸：俗世を超越する。　◆遺世：俗世間を忘れる。　◆飄飄：飛翔するさま。　◆羽化而成仙：羽が生えて仙人となる。　◆安得：「何とかして……を手に入れたいものだ」の意。　◆瑤車白象：白いゾウが引く豪華な車。

晩秋賦　晩秋の賦

この賦は二〇一四年十一月九日に深圳で作ったもの。晩秋の時節、豊かだった秋の気も次第に痩せ細り、とりどりであった秋の色彩も次第に単調になり、蓮や柳、菊や蘭の花は枯れていく。秋が終わり冬が到来しようとするこの時、爛漫なる春、灼熱の夏、濃艶なる秋を振り返りつつ、寒々とした冬をじきに迎えるのだが、しかし風物の美しさは季節の変わり目にこそある。冬が訪れたといって、春はまだまだ先だと悲しむものであろうか。君子たる者、胸に思いを秘めてますます揺るぎなくあるべきであり、この賦を作って我が志を詠じた次第である。

渓冷冷之披露兮、波鱗鱗之映晨光
水静静之含霜兮、秋陽猶暖鴛鴦
何白鶴之迷蹤兮、駕蘭舟而在水一方
凌碧波以径渡兮、伊人玉立水中央
虹霓紛其彩橋兮、尋緑洲以徜徉
瑤草萋萋之愈芳兮、桂花靡靡之吐香
憐寞寞之残荷兮、賛凌凌之宿莽

渓　冷冷として露を披い、波　鱗鱗として晨光に映ず
水　静静として霜を含むも、秋陽　猶お鴛鴦に暖かし
何ぞ白鶴の蹤を迷わしむる、蘭舟を駕して水の一方に在り
碧波を凌ぎて以て径ちに渡れば、伊の人　水の中央に玉立す
虹霓　其の彩橋　紛たりて、緑洲を尋ねて以て徜徉す
瑤草　萋萋として愈いよ芳しく、桂花　靡靡として香を吐く
寞寞たる残荷を憐れみ、凌凌たる宿莽を賛す

睡蓮長眠於夏夢兮、早梅悄艶於雪朗
芙蓉無出於秋水兮、幽蘭猶綻於葭霜
悲東離之残菊兮、泣伊人之海棠
柳枝浸霜而凝紫兮、萎葉扶疏而色萋
風凜冽而颮飂兮、扶光仍照胡楊
雖寒而不敗其節兮、
　鳴鳳絢翔其林上
彷彿兮若繁枝璨綴翠羽、
　繽紛兮若蕭木尽披霓裳
志卓卓之天遠兮、懐衷情而弥強
嗟夫、晩秋詩以詠志兮、修賦而示情長
至春之錦秀兮、至秋而無傷
至大之無外兮、至小而無内
至人之無我兮、君子外曲而内方

睡蓮は長く夏夢に眠り、早梅は悄かに雪朗に艶なり
芙蓉　秋水を出ずる無く、幽蘭　猶お葭霜に綻ぶ
東離の残菊を悲しみ、伊の人の海棠に泣く
柳枝　霜に浸りて紫を凝らし、萎葉　扶疏たりて　色　萋たり
風　凜冽として颮飂、扶光　仍お胡楊を照らす
寒しと雖ども而れども其の節を敗らず、
　鳴鳳　其の林上に絢翔す
彷彿として繁枝の翠羽を璨綴するが若く、
　繽紛として蕭木の尽く霓裳を披るが若し
志　卓卓として天の遠く、衷情を懐きて弥いよ強し
嗟夫、晩秋の詩　以て志を詠じ、賦を修めて情の長きを示す
春に至りて錦秀、秋に至りて傷むこと無し
至大にして外無く、至小にして内無し
至人にして我無く、君子は外　曲にして内　方なり

［語釈］
◆渓：五九頁［語釈］参照。　◆冷冷：冷たいさま。　◆之：二〇一頁［語釈］参照。
◆披露：渓流の岸辺に生える草木が露をまとう。　◆兮：二〇〇頁［語釈］参照。　◆鱗

鱗：一二六頁［語釈］参照。　◆晨光：一三七頁［語釈］参照。　◆含霜：寒気を含む。　◆秋陽：秋の日の陽光。　◆鴛鴦：オシドリ。　◆迷蹤：跡をくらます。　◆駕蘭舟：木蘭の舟を漕ぐ。　◆凌碧波：青い波の立つ水面を渡る。　◆径渡：一直線に渡る。　◆玉立：すくっと立つ。　◆虹霓：虹。　◆紛其彩橋：虹の橋が多くの色に彩られていること。　◆緑洲：緑の草の生える中洲。　◆徜徉：五五頁［語釈］参照。　◆瑤草：仙界に生えるという香草。　◆萋萋：盛んに茂るさま。　◆桂花：桂の木の花。　◆靡靡：入り乱れるさま。　◆寞寞：一六四頁［語釈］参照。　◆残荷：五二頁［語釈］参照。　◆賛：賛嘆する。　◆凌凌：寒々しいさま。　◆宿莽：冬の間も枯れない草。　◆雪朗：雪の輝き。　◆芙蓉：五七頁［語釈］参照。　◆幽蘭：人知れず咲く蘭の花。　◆葭霜：葦（あし）原（はら）をおおう霜。　◆東蘺：五一頁及び一八頁［語釈］参照。　◆海棠：ここでは秋（しゅう）海棠（かいどう）。　◆浸霜：寒気が染み入る。　◆凝紫：枯れて濃い紫色に変色すること。　◆萎葉：萎（しお）れた葉。　◆扶疏：盛んに枝分かれするさま。　◆色萎：色が衰える。　◆凛冽：寒さの凍てつくさま。　◆颸飈：風の強いさま。　◆扶光：一七四頁［語釈］参照。　◆胡楊：コトカケヤナギ。柳の一種。　◆不敗其節：コトカケヤナギの節を損なうことはない。　◆鳴鳳：鳴く鳳凰。　◆絢翔：美しい姿で飛ぶ。　◆仿佛：一八五頁［語釈］参照。　◆繁枝：盛んに葉の茂る枝。　◆璨綴翠羽：翡翠（かわせみ）の羽をたくさんきらびやかにあしらう。　◆繽紛：二七頁［語釈］参照。　◆蕭木：葉の枯れ落ちた木。　◆披霓裳：虹色のスカートをまとう。　◆卓卓：志の高遠なさま。　◆衷情：胸に秘めた思い。　◆修賦：賦を作る。　◆示情長：溢れる思いを示す。　◆錦秀：色彩溢れて飛び抜けて美しいこと。　◆無傷：心を痛めることはしない。　◆至大之無外兮、至小而無内：この上なく大きなものは、その外側というものは想定できない。また、この上なく小さなものは、その内部というものは想定できない。『荘子』〈天下篇〉に「至大に外無く、之を大一と謂う。至小に内無し。之を小一と謂う」とあるのを踏まえる。

◆至人之無我：最上級の人は自我というものを持っていない。同じく『荘子』〈逍遥遊篇〉に「故に曰く、至人に己無く、神人に功無く、聖人に名無し、と」とあるのを踏まえる。

◆君子外曲而内方：君子は付き合う人に会わせて如何様にも外面を変えることができるが、その内面は常に真っ直ぐ、真四角である。同じく『荘子』〈人間世篇〉に「然らば則ち我内は直にして外は曲、成りて上比せん」とあるのを踏まえる。

宜興竹賦　　宜興竹の賦

この賦は二〇一五年四月中旬に上海で作ったもの。仲春の時節に当たるこの時期、清華大学金融学院の同窓生が上海近郊の宜興に集い、有名な景勝地「宜興竹海」へ皆で赴いて観光することにした。当地で竹林の景勝を満喫して美しい風景を眺めているうちに、歴代の先哲達が竹に対して示した無数の讃辞を思い起こした。彼らの讃辞に遥かに遡って唱和する形でこの賦を作り、竹に対する私の敬慕の思いを述べることにしたのである。

忘擾之谷、隔夢之竹
蒙迭交錯、応風吟歌
青幽幽而含紫、葉萋萋而魅嫵
隠繽紛之奇葩、掩春深之径陌
鬱蔭蔭以華茂、斑陸離以扶疏
降煙瓏之晨靄、升清質之婀娜
或皓素而雪朗、或霓彩而超卓
身修而紫莖、沐春風而蔚青
紛灼灼以吐馥、芳菲菲以舒磐

擾を忘るるの谷、夢を隔つるの竹
蒙迭 交錯し、風に応じて吟歌す
青は幽幽にして紫を含み、葉は萋萋にして魅嫵たり
繽紛の奇葩を隠し、春 深きの径陌を掩う
鬱蔭蔭として以て華茂たり、斑陸離として以て扶疏たり
煙瓏たる晨靄を降し、清質の婀娜たるを升す
或いは皓素にして雪朗、或いは霓彩にして超卓
身 修くして紫莖、春風に沐して蔚青たり
紛灼灼として以て馥りを吐き、芳菲菲として以て舒磐す

紛旖旎以罣布、梢勁聳而奮揚
瞻彼淇奥、猗猗青青
林麓覆岡、泱漭蒼蒼
織錦布秀、瑰如霓裳
其間更有鴻雁西飛、別鶴東翔
白鹿競走、早鶯浅唱
縈繞余音、時低時昂
嗟夫、徜徉蘭苑、遊戯竹林
濯清泉之清清、追涼風之颯爽
仰天可弋高雀、俯淵可釣錦鯉
処清静以養志、寄凭生於高雲
何其快哉

紛旖旎として以て罣布し、梢勁聳して奮揚す
彼の淇奥を瞻れば、猗猗として青青たり
林麓 岡を覆い、泱漭として蒼蒼たり
錦布の秀を織りて、瑰として霓裳の如し
其の間 更に鴻雁の西のかた飛び、別鶴の東のかた翔る有り
白鹿 競い走り、早鶯 浅唱す
縈繞せる余音、時に低く時に昂し
嗟夫、蘭苑に徜徉し、竹林に遊戯す
清泉の清清たるに濯い、涼風の颯爽たるを追う
天を仰げば高雀を弋す可く、淵を俯せば錦鯉を釣る可し
清静に処りて以て志を養い、生を高雲に寄凭す
何ぞ其れ快きかな

［語釈］
◆宜興：上海の東、江蘇省無錫市に属する町。 ◆忘擾：世間の騒がしさを忘れる。 ◆蒙迭：様々なものが次から次と無闇矢鱈に現れること。 ◆幽幽：五七頁［語釈］参照。

◆萋萋：一九三頁［語釈］参照。 ◆魅嫵：魅惑的で美しいさま。 ◆奇葩：珍しい花。 ◆繽紛：二七頁［語釈］参照。 ◆径陌：小道。 ◆鬱蓊蓊：鬱蒼として薄暗いさま。 ◆華茂

：美しく茂る。　◆斑陸離：一七三頁［語釈］参照。　◆扶疏：一九三頁［語釈］参照。　◆煙瓏：うすぼんやりと輝くさま。　◆晨靄：朝靄（あさもや）。　◆婀娜：七〇頁［語釈］参照。　◆皓素：真っ白なさま。　◆雪朗：一九三頁［語釈］参照。　◆霓彩：虹色。　◆超卓：抜きん出て高い。　◆沐春風：春風に洗われる。　◆蔚青：盛んに青々と茂るさま。　◆紛灼灼：多くのものが入り乱れて勢いが激しいさま。　◆芳菲菲：一七三頁［語釈］参照。　◆舒磐：枝や幹が伸びやかであったり、わだかまっていたりする。「磐」字は「盤」に同じ。　◆紛旖旎：たおやかに入り乱れるさま。　◆罩布：おおい隠す。　◆勁聳：力強く高く聳える。　◆奮揚：勢いよく上に上がる。　◆瞻彼淇奥：淇水（きすい）（今の山西省から河南省を流れる川）の湾曲する向こう岸を眺める。『詩経』〈衛風〉「淇奥」詩に「彼の淇奥を瞻れば、緑竹（りょくちく） 猗（い）猗（い）たり」とあるのを踏まえる。　◆猗猗青青：竹が美しく、かつ青々と茂るさま。上掲「淇奥」詩の第二章には「彼の淇奥を瞻れば、緑竹 青青たり」とある。　◆林麓：山林。　◆泱漭：広大無辺のさま。　◆蒼蒼：一二六頁［語釈］参照。　◆織錦布秀：見渡す限りの竹藪が、まるで美しい錦の織物のように見えること。　◆瑰如霓裳：竹藪がまるで美しい虹色のスカートのように見えること。　◆鴻雁：三九頁［語釈］参照。　◆別鶴：群から離れて飛ぶ鶴。　◆早鶯：九六頁［語釈］「早鶯喚」参照。　◆浅唱：小声で歌う。　◆縈繞：あたりにこだますること。　◆徜徉：五五頁［語釈］参照。　◆蘭苑：蘭の花咲く庭園。　◆濯清泉之清清：清らかな泉の水で体を洗う。　◆颯爽：涼しく爽やかなさま。　◆可弋高雀：高い空を飛ぶ雀をいぐるみ（糸を結んだ矢を鳥めがけて射かけ、糸を絡ませて捕獲する道具）で捕まえることができる。　◆処清静：心を清く静かな状態に保つ。　◆寄凭生於高雲：己の生を空高く浮かぶ雲に寄託する。

端午夜思屈原賦

端午の夜　屈原を思うの賦

この賦は二〇一四年六月二日に深圳で作ったもの。時にちょうど旧暦の五月五日、中国伝統の端午の節句であった。中国では二千数百年来、古代の愛国詩人屈原を記念するためにこの節句が設けられている。このような日に当たり、夜遅くに屈原の作「離騒」を静かに再読してみると、屈原の殉国精神と崇高なる胸臆に心動かされ、この賦を作って屈原を深く皆の記憶に留めるとともに、自分自身をも励まそうとしたのであった。

明月之孤懸兮　思詩人而独処
踏柔茵而尋幽蘭兮　折丹桂而依修竹
采掲車与留夷兮　蝴蝶眠于杜若
芳与沢其雑糅兮　瑰姿艶逸而呈露
芳菲菲其弥章兮　芬如遊糸而不沫
華燿而璀璨兮　清芬而不阿
鷙鳥之不群兮　自前世而本固
世皆趨鶩以混濁兮
君独遠逝而自疎

明月の孤つ懸るや　詩人を思いて独り処る
柔茵を踏みて幽蘭を尋ね　丹桂を折りて修竹に依る
掲車と留夷とを采るに　蝴蝶は杜若に眠る
芳と沢と其れ雑糅し　瑰姿　艶逸にして呈露す
芳菲菲として其れ弥いよ章かに　芬は遊糸の如くにして沫まず
華燿にして璀璨　清芬にして阿らず
鷙鳥の群れざる　前世自りして本より固なり
世　皆な趨鶩にして以て混濁するも
君は独り遠く逝きて自ら疎なり

龍舟覓君之滔江兮　君帰彭咸之所
処雌霓之顚兮　馮昆侖而瞰霧
冥冥兮若岷山之堕雲夢
　仿佛兮若沙洲之上懸圃
時曖曖之将逝兮　沐星輝而軽舞
梧桐立尽清影兮　待鳳凰之棲宿
更闌而軽寒兮　待啓明而夜読
何蛮箋而溢芳兮　書淋漓而酔墨
飲千觴而不歓兮　唯心傾君之一賦
沈香之裊裊兮　添燭而増慕
援雅琴而鼓瑟兮　弦綺靡而三弄
律動天籟之縈繞兮　沙洲喜降鷺鷺
紛総総其飛翔兮　斑陸離其旋渚
足留而神往兮　安得凌波而瀾渡
夜烱烱而不寐兮　遊星瀚之至曙
旭日之平出兮　帥朝彩而往顧
駟玉虬以棄鷺兮　君令凰鸞而延佇
荷衣兮蕙帯　木蘭兮紫茎

龍舟　君を滔江に覓むるも　君は彭咸の所に帰れり
雌霓の顚に処り　昆侖に馮りて霧を瞰す
冥冥として岷山の雲夢に堕つるが若く
　仿佛として沙洲の懸圃に上るが若し
時に曖曖として将に逝かんとし　星輝に沐して軽く舞う
梧桐　清影に立ち尽くし　鳳凰の棲宿を待つ
更　闌けて軽寒　啓明を待ちて夜に読む
何の蛮箋にして芳　溢るる　書は淋漓として墨に酔う
千觴を飲むも歓ばず　唯だ心は君の一賦に傾く
沈香の裊裊たる　燭に添えて増ます慕う
雅琴を援きて瑟を鼓し　綺靡を弦して三弄す
律は天籟の縈繞たるを動かし　沙洲に鷺鷺　降るを喜ぶ
紛総総として其れ飛翔し　斑陸離として其れ渚に旋る
足は留るも神は往き　安くんぞ波を凌ぎて瀾渡するを得ん
夜　烱烱として寐ねず　星瀚に遊びて曙に至る
旭日の平出するや　朝彩を帥いて往顧す
玉虬を駟して以て鷺に棄り　君　凰鸞をして延佇せ令む
荷衣に蕙帯　木蘭に紫茎

君吟之以辞兮　又贈予之以賦
日月瞬而同輝兮　七彩垂虹而併舒
路漫漫其修遠兮　吾願循君之所悟

［語釈］

◆屈原…戦国時代の楚の詩人。秦の謀略に躍らされる楚王を必死に諫めたが、聞き入れられず、逆に楚の国から追放されてしまう。失意の屈原は各地を放浪した末、汨羅江（べきらこう）に身を投げて命を絶った。楚の詩人の詩歌を集めた詩集『楚辞』の冒頭に載せる「離騒」は、屈原の代表作であり、追放以後、投身自殺を決意するまでの彼の心情が夢幻的に詠われている。　◆兮…『楚辞』系詩歌に多く用いられた助字。音は「ケイ」。句末を伸ばしてポーズを置く効果があり、民謡の「ハー」「エー」などに相当する。訓読する際は置き字として読まない。　◆詩人…屈原を指す。　◆柔茵…柔らかな草の絨毯。　◆幽蘭…一九三頁［語釈］参照。　◆丹桂…桂の木の一種。　◆依修竹…長い竹にもたれる。

君は之（これ）を吟じて以て辞し　又（ま）た予（よ）に贈るに賦を以てす
日月　瞬にして輝きを同じくし　七彩の垂虹（すいこう）にして併（あわ）せて舒（の）ぶ
路（みち）　漫漫として其れ修遠　吾　願わくは君の悟る所に循（したが）わん

◆采…植物を摘み取る。　◆掲車…香草の名。　◆留夷…香草の名。　◆杜若…ヤブミョウガ。香草の名。日本でいう「カキツバタ」ではない。　◆芳…香草の香り。　◆沢…香草の葉の光沢。　◆其…「兮」と同様に『楚辞』系詩歌に多く用いられた助字。確たる意味はない。　◆雑糅…混ざり合う。　◆瑰姿…美しい姿。　◆艶逸…並外れてあでやかなさま。　◆呈露…人目に見せること。「露呈」に同じ。　◆芳菲…一七三頁［語釈］参照。　◆芬…香気。有徳者の発するオーラにも喩えられる。　◆遊糸…風に乗って飛ぶ蜘蛛の糸。香炉から昇る煙にも喩えられる。　◆華燿…華やかに光り輝くさま。　◆璀璨…きらびやかで麗しいさま。　◆清芬…清らかな香り。高潔なる人徳にも喩えられる。　◆鷙鳥・・四一頁［語釈］参照。
◆本固・・「もとより決まりきったこと」の意。
◆趨鶩・・四二頁［語釈］参照。　◆混濁・・目が曇って善悪の区別が付かないこと。　◆遠逝而自疎・・世俗から遠く離れて自分から孤立する。
◆龍舟・・四一頁［語釈］参照。　◆之・・「兮」「其」と同様に『楚辞』系詩歌に多く用いられた助字。確たる意味はない。　◆滔江・・滔々と流れる大河。　◆彭咸・・四二頁［語釈］参照。　◆雌霓・・虹の外縁部。　◆馮昆侖・・「馮」は「憑」字に同じで、身を寄せること。「昆侖」は、仙人が住むという西方の山。「崑崙」とも書く。今のヒマラヤの山々。　◆瞰霧・・霧のかかった下界を見下ろす。　◆冥冥・・暗いさま。転じて、おぼろげなさま。　◆岷山・・四川省北部、長江上流域にある山。神仙が住むと伝えられる。　◆雲夢・・四二頁［語釈］参照。　◆仿佛・・一八五頁［語釈］参照。　◆沙洲・・砂が堆積してできた中洲。　◆懸圃・・四二頁［語釈］参照。　◆曖曖・・薄暗いさま。　◆沐星輝・・星の光を浴びる。　◆梧桐・・アオギリ。この木に想像上の仙鳥鳳凰が巣くうと考えられていた。
◆立尽清影・・アオギリの下の清らかな木陰に立ち尽くす。　◆更闌・・夜が更ける。　◆軽寒・・薄ら寒いこと。　◆啓明・・夜明け前に東の空に輝く星の名。明けの明星。　◆蛮箋・・蜀の地で作られる高価な色紙。　◆溢芳・・良い香りが滲み出る。　◆淋漓・・滴るさま。　◆千觴・・千杯の酒。　◆沈香・・香木の名。　◆裊裊・・香炉から立ちのぼる煙がゆらゆらたなびくさま。
◆添燭而増慕・・沈香を燭台の火で燃やせば屈原への思慕の情がいや増す。　◆援雅琴・・風雅な琴（きん）を引き寄せる。「琴」は日本でいう琴柱（ことじ）のある「こと」ではなく、琴柱のない「琴」。古代中国では「琴」を弾くことは士大夫の嗜みであった。　◆鼓瑟・・大型の琴を奏でる。　◆弦綺靡・・爪弾いて麗しい音色を奏でる。　◆三弄・・何度も演奏する。　◆律・・旋律。メロディー。
◆天籟・・一二三頁［語釈］参照。　◆縈繞・・めぐり回る。　◆降鷺鷺・・カモメやサギが音色につられて空から降りて来る。　◆紛総総・・入り乱れて集まるさま。　◆斑陸離・・一七三頁

［語釈］参照。　◆旋渚：水辺に戻る。　◆神往：身体を離れて心が憧(あこが)れの対象に向かうこと。　◆安得：ここでは、「どうにかして……したい」の意。　◆凌波而瀾渡：波を乗り越えて水面を渡ること。　◆炯炯：目がさえて眠れないさま。　◆遊星瀚：星の海に舟を浮かべる。星空を眺めて過ごすことの比喩。

◆平出：大地を等しく染めて太陽が出ること。　◆朝彩：八一頁［語釈］参照。　◆往顧：出向いて人を訪ねること。　◆駟玉虬：「駟」は四頭立ての馬車。「虬」は角のない龍。

四匹の龍に車を引かせること。　◆棄鸞：鳳凰に乗る。◆凰鸞：「鳳凰」に同じ。　◆延佇：長い間、一箇所で待つ。　◆荷衣：蓮の葉で作った服。隠者の服装。　◆蕙帯：香草を編んで作った帯。　◆木蘭：蘭の一種。

◆紫茎：「木蘭」の紫の茎。屈原作「九歌」其の六「少司命」に、「秋蘭兮青青　緑葉兮紫茎」とある。　◆瞬：一瞬にして。　◆七彩垂虹而併舒：七色の虹の架け橋も一緒に伸びてきた。　◆漫漫：長く続くさま。　◆修遠：遥かに遠い。

周琦氏の詞詩の世界を味わうために

後藤 淳一

この詩集に収められる作品の大多数は「詞」と呼ばれる型式のものであり、日本人に馴染みの漢詩はほんのわずかしかない。

言偏に「司」の「詞」という文学ジャンル（日本語では「詩」と同じく音読みは「シ」であるため、「詩」と区別するために現代中国語音を借りて「ツー」と呼ばれる）は唐代の中頃に生まれた。元来「詩」はメロディーにのせて歌われていたが、唐代の中頃あたりから歌辞の技巧がより重視されてほとんど歌われなくなっていく。それを補うかの如く、メロディーにのせて歌う「詞」という型式が生まれ、次の宋代に至って大いに繁栄し、以後中国では、文人は「詩」と「詞」との両方を創作するのが一般化して現代に至るのである。

メロディーにのせて歌う「詞」は、まずはそのメロディーの各音符に合わせて歌詞を当てていくので、必然的に各句の文字数が不揃いになる。それ故「長短句」とも呼ばれる。またそのメロディー名（曲調名）は「詞牌」と呼ばれ、「詞」の各作品はまずはこの詞牌によって区別されることになる。簡単に言えば、ある本歌があって、メロディーはそのままに、その替え歌を次々に作っていくという体なのである。それ故、各詞の題名、即ち詞牌は単にメロディー名であって、歌われる内容とは基本的に関わりがない。しかし、これでは各作品を区別するのに不便となるため、宋代以降、何を詠じたかを説明する副題を詞牌の後ろに付けるのが一般化する。この詩集に収められる作品のほとんどもそれを踏襲しているのである。

「詩」と「詞」の違いは形式面のみにとどまらない。「詩」は高い教養を身につけた文人が、己の崇高な志や山水の美を典雅に詠ずるものという意識が、唐末以降顕著になっていった。対して「詞」は、その初期は酒席で余興として多く歌われた。それも、酌婦や妓女が、意中の客がなかなか店に来てくれないのを嘆くという体で歌われており、江戸の都々逸や昭和の演歌・歌謡曲に近いものであった。それ故、以後の「詞」は、恋愛などの個人的感情を主として歌うものという観念が確立していく。即ち「詩」は雅であり理性的に詠うもの、対して「詞」は俗であり抒情的に詠うもの、という内容面での違いも生まれることとなったのである。

現代の日本で、伝統的な詩型であるところの短歌や俳句を作る人々は、以前に比べて大いに減ったとは言え、まだまだ存在する。それと同様、現代中国でも、伝統的な「詩」や「詞」を作る人々は依然として一定数いるのである。しかしながら現代中国では、「詩」(絶句・律詩)よりも「詞」の方が多く作られる傾向にある。恐らく絶句や律詩は即興的で社交的なもの、対して個人的な思いをじっくり述べるためには、絶句や律詩よりも篇幅の長い「詞」の方が都合良く、また身近に思われるからであろう。中華人民共和国建国の父である毛沢東が「詞」の名手であり、その作品が学校教育などでしばしば称揚されてきたという背景も見逃せない。

絶句や律詩を作る際には、伝統的に「平仄」に代表される諸規則を守らなければならない。同様に「詞」を作る場合でも、詞牌ごとに平字・仄字・韻字の配列が定められた「詞譜」と呼ばれる規則表があり、伝統的にそれに則って「詞」は作られてきた。しかし、現代中国で「詞」を作る人々のほとんどは、単に各句の字数と押韻箇所だけを守り、「詞譜」に定める平仄配置は無視するようである。これは、現代の日本で短歌や俳句を作るのに、「文語など使わず現代日本語で作れば良い」、「俳句には季語など不要だ」などと主張する流派があるのと同じような状況なのであろう。現代人でも気軽に伝統詩を作って欲しいという配慮の表れなのかもしれない。この詩集に収められる「詞」の作品群もその流儀で作られている。

現代中国の「詞」の作者のほとんどが伝統的規則を「守らない」、いや、「守れない」理由として、現代の中国では北京語を土台とした共通語「普通話」が広く普及したことも挙げられる。「平仄」という概念は古代漢語の「四声」から生まれたものであり、その「平声」「上声」「去声」「入声」という四つの声調を、「平声」とそれ以外のもの（「仄声」＝「上声」「去声」「入声」）とに二分類したことに由来する。この古代漢語が時代を経て現代中国語に移行することになるのだが、その際、音節末尾が子音で終わる促音の「入声」が、末尾の子音が消滅して現代中国語の各声調に移行してしまったため、現代の「普通話」しか知らない中国人は、どの字が平声でどの字が仄声か判別がつかなくなってしまったのである（例えば「力」字は古代漢語では lik、現代中国語では li の第四声）。現代中国でも広東語に代表される南方方言にはこの「入声」がまだ残っているが、標準語で育った人には、もはや古代漢語の「平仄」は判別がつかない。それ故、この詩集に収められる作品は、「詞」はおろか、絶句や律詩を含めて全て伝統的な「平仄」には拘泥せず、韻を踏む場合でさえ現代中国語音で韻を踏んでいる。この詩集を読まれる日本の読者の方々は、その点に留意してお読みいただきたい。

作者の周琦氏は、現代中国の実業界で成功された方ではあるが、中国の名門南開大学を卒業した一流の知識人でもあり、多くの中国古典を渉猟して極めて深い造詣を有するに至った。それ故その余暇に作る作品、特に「詞」には、氏の並々ならぬ教養が見て取れるばかりか、その先鋭的な抒情性には目を見張るものがある。独特の感性によって、ともすれば夢幻の世界に遊び、独創的な表現によって、ともすれば難解にも見える部分も間々あるが、我が戦後の鮎川信夫や大岡信らの口語自由詩と同工と思えば、その幻想的な浪漫性にこそ輝きがあると言えよう。高度な漢字の知識を必要とし、まるでモザイクのように難しい漢字をぎっしりと敷き並べて絢爛豪華な趣きを呈する、末尾の「賦」の作品群と併せて、ぜひ味読されたい。

二〇一七年一月

最后，再次感谢热爱中国古典文学的日本朋友，我希望我作为一名业余词诗作者，能为促进中日两国文化交流，人民友好而做出贡献！ 谢谢！

2017 年 1 月 15 日

周　琦

最後に、あらためて中国古典文学を熱愛する日本の友人に感謝し、業余の詞詩の一作者である私が、中日両国の文化交流と、人民の友好とを促進するために貢献できればと希望します！　ありがとうございます！

2017 年 1 月 15 日

周　琦

词相比诗，约有四个特征。一曰其文小，词取其精灵细巧者。二曰其质轻，沉挚之思，表达于轻灵之体。三曰其径狭，词言情写景，不宜直叙事理。四曰其境隐，借要眇宜修之体，发其隐约难言之思，故词境如雾中山，月下花，其妙处正是在其迷离隐约之中。

本人长期从事金融投资事业。环球金融市场风云变幻，迷离隐约，纤细精微，特别需要具有绰约微达的观察力，去体验话外之音，言外之意。市场形势屈折迭荡亦如词韵平仄变化，令人迷醉。

詞は詩と比べると、おおむね四つの特徴があります。第一に「其の文 小なり」というもので、詞はその精霊（魂）の細巧（微細）なるものを採用します。第二に「其の質 軽し」というもので、沈摯の思い（深く秘めた真心）を、軽霊（軽やかで生き生きしている）の体で表します。第三に「其の径狭し」というもので、詞は情を言い景を写しますが、物事の理屈を直接述べるのには適しません。第四に「其の境 隠なり」というもので、要眇宜修（修飾が施されて美しい）の体を借りて、その隠約（おぼろげではっきりと摑めない）にして言い難き思いを吐露するのであり、故に詞境（詞で詠われる境地）は霧の中の山、月下の花の如きものであり、その妙所はまさにその迷離隠約（曖昧模糊としてはっきりと摑めない）たる中にあるのです。

私自身は長い間、金融投資事業に従事してきました。グローバルな金融市場は目まぐるしく風向きが変わり、迷離隠約にして、繊細精微であるので、綽約微達（柔軟性があり細部にまで目が届く）なる観察力を備え、会話以外の言葉や、言外の意を実地に探ることが特に必要とされるのです。市場の形勢がさまざまに揺れ動く様はまた詞の韻や平仄の変化にも似て、人をして陶酔せしめるものがあるのです。

我从事的是金融投资工作。同时我还非常热爱中国古典词诗。我认为，中国古典文学词诗是中华文明皇冠上的一颗璀璨明珠；她深深地融入了中华文明的血脉，并传承至今。中国古典文学词诗已成为中国人修身，齐家，服务社会的不竭的精神源泉；她是使中国人心灵不殁，热爱生活，热爱大自然，热爱美好事物的强大的精神宝器。

与诗相比，本人更加热爱词。本诗集收录的大部分是词。词出于唐代的诗人。唐代诗人在作乐府诗时，沿用乐府旧题以写时事，以抒发自己的情感。为了写出新的韵律，诗人们采用的是乐府之音，引用的也多是乐府的歌词，故曰词。词相对于诗，更加兴于微言，意内言外，缘情造端，道出君子幽约怨悱不能直言之情，低徊要眇，以隐其志，以喻其意。

私が従事するのは金融投資の仕事です。同時に私はまた中国古典詞詩を非常に熱愛しています。私が思うに、中国古典文学の詞詩は中華文明の王冠の上に輝く一粒の真珠であり、それは中華文明の血脈の中に深く深く溶け込み、そうして現在まで伝承されています。中国古典文学の詞詩はすでに中国人が身を修め、家を治め、社会に奉仕する上での不尽の精神的源泉となっており、中国人をして魂を生かし、生活を熱愛し、大自然を熱愛し、美しい事物を熱愛せしめる上での精神的宝器でもあります。

詩と比べて、私自身はいっそう詞の方を熱愛します。本詩集に収録する大部分は詞です。詞は唐代の詩人から生み出されました。唐代の詩人が楽府詩（漢代以来の伝統的なメロディーにのせて歌う詩）を作る際には、古い楽府題を用いて時事を詠って、自分の感情を吐露しました。新しい韻律を作り出すために、詩人達が採用したのは楽府のメロディーであり、引用したのも多くは楽府の歌詞だったのであり、故に詞と呼ばれるのです。詞は詩に対して、更に「微言に興り、意は内にして言は外に、情に縁りて端を造り、君子の幽約怨悱にして直言する能わざるの情を道い出だし、低徊要眇、以て其の志を隠し、以て其の意を喩す」（清・張恵言『詞選』序）というものです。

后　记

非常荣幸我的词诗能在日本出版。这首先要感谢尊敬的水野清先生。水野先生德义仁智，品格高尚，是我非常敬重的长辈。他一直为中日友好殚精竭虑，为促进中日文化交流不遗余力，这次又为我的词诗集作序，令我非常感动。同时，我也非常感谢后滕淳一老师为我的词诗译注日文，让喜爱中国古典词诗的日本朋友能够读到一个当代中国人，一个现在从事金融投资工作的经济业的人写的古典词诗。后腾老师对中国古典文学的造诣、精益求精的治学态度亦令我非常敬佩。当然，我也要感谢我的父母；感谢我爱的人及爱我的人，是你们的欣赏和激励给了我灵感和勇气，使我从一名词诗的欣赏者成为一名词诗的创作者，让我有了无予伦比的体验和感悟。

あとがき

私の詞詩が日本で出版できることを非常に光栄に思います。これはまず尊敬する水野清さんに感謝しなければなりません。水野清さんは仁義礼智の人徳を備えて、品格高尚、私が非常に敬い重んじる先輩です。水野さんはこれまで長く中日友好のために精魂を傾注し、中日の文化交流を促進するために力を惜しまず、このたび更に私の詞詩集のために序文をお書き下さり、私をして非常に感動せしめました。同時に、私はまた後藤淳一先生が私の詞詩のために日本語で訳注を施し、中国の古典詞詩を愛する日本の友人が現代の一中国人、現在金融投資の仕事に従事する一経済人が書いた古典詞詩を読むことができるようにして下さったことにも非常に感謝します。後藤先生の中国古典文学に対する造詣、より高い精度を追求する学問の姿勢もまた私をして非常に敬服せしめました。もちろん、私は私の両親、私が愛する人及び私を愛してくれる人の、鑑賞と激励とが私にインスピレーションと勇気を与え、私を詞詩の一鑑賞者から詞詩の一創作者へと変え、私に比類なき体験と感悟とをもたらしてくれたことにも感謝しなければなりません。

著者
周　琦
（Zhou Qi　ジョウ　チィ、しゅう　き）
一九六四年、北京生まれ。南開大学金融学系金融学専攻卒業、経済学学士。清華大学五道口金融学院金融学修士。
中国銀行本店国際業務部・アジア地域業務主弁、中国工商信託投資公司・プロジェクトマネージャー、深圳市清華ベンチャー投資有限公司・取締役副総経理、深圳市盛金投資控股有限公司・董事長、長城新盛信託有限責任公司・取締役副董事長などを歴任。現在、深圳市前海君盛創新管理有限公司・董事長。

訓読・語釈・日訳
後藤　淳一
（ごとう　じゅんいち）
一九六四年、東京都生まれ。早稲田大学大学院文学研究科修士課程修了、同博士後期課程満期退学。現在、東京女子大学非常勤講師、全日本漢詩連盟評議委員、櫻林詩会幹事。

蓮（はす）の愛（あい）　周琦詞詩集（しゅうきしししゅう）

二〇一七年三月二〇日　初版第一刷発行

著者　周　琦
発行者　小川義一
発行所　有限会社鷗出版
〒270-0014　千葉県松戸市小金 447-1-102
電話：047-340-2745 ／ FAX：047-340-2746
http://www.kamome-shuppan.co.jp

訓読・語釈・日訳　後藤淳一
編集協力　朝浩之・前田年昭
装幀　戸田ツトム・今垣知沙子
組版　有限会社鷗出版
印刷製本　株式会社シナノパブリッシングプレス

ISBN978-4-903251-14-1　C0098